一

男人，不管到了多大年纪，好像都戒不掉花心的毛病。

虽说如此，可真要付诸行动，就另当别论了。且不谈那些从年轻时就身经百战的老手，单说规规矩矩活了大半辈子的人，要搞起男女关系来可没那么容易。那些硬汉直男都一把年纪了，还是会被妄想所俘虏，一副如坐针毡、惊慌失色的样子，在旁人看来简直滑稽至极……

古田修司就是这样一个可笑的男人。

年龄五十三岁，在一家位于东京涩谷的重点钢铁企业工作，任职第二物资部部长。家住松涛，一幢父辈留下来的旧宅里。他有着一个四口之家，妻子金子、年近二十三岁的女儿盐子和一个正在读大学的儿子阿高。虽然古田家也会经常上演那些每个家庭都会有的小风波，但至今还没有发生过任何撼动家庭的大事件。一直以来，他们都过着平淡无奇的日子。

就是这样一位古田先生，眼下正合计着要跟和他女儿年龄相仿的女下属宫本睦子搞婚外恋。这一切还要从睦子找他商量自己的境遇开始说起。

睦子二十七岁，是一个沉默寡言、性格内向的姑娘。五官端正，但不爱化妆，所以看上去有些气色不佳。她的衣着也很简单、朴素。在此之前，修司几乎从未把这个对着打字机默默敲着字的姑娘放在眼里。

可是，就在睦子找他商量事情，两人一起吃饭的那个晚上，修司改变了想法。睦子用她那双湿润的眸子注视着修司的眼睛，悲伤地倾诉了自己的处境。这样的睦子女人味十足，跟她在公司里的样子判若两人。

睦子是单亲家庭，母亲经常生病，未婚夫还在临近结婚的最后一刻背叛了她。现在，她正考虑年底辞去工作，到婶婶经营的酒吧去帮忙。那次谈话就是想听一听修司对于这件事的看法。

修司是个一本正经的实在人，就在他认真倾听睦子诉说的过程中，他对她产生了爱慕之情。不，不对，还不能单纯地美其名曰"爱慕"，而是被一种"想要和睦子发生关系"的欲望给缠上了。

吃完饭后，两个人一连又泡了几家酒吧。借着醉意，他们相互挽着胳膊走在夜晚的大街上。修司生平还是第一次跟公司下属，而且是年轻姑娘挽着胳膊走路。面对依偎在身旁喘着热气的睦子，修司也逐渐放开胆量，不由自主地搂住了她的肩膀。

——现在我若是邀请她，无论去哪里，估计她都一定会跟着……

反正睦子还有两个多月就辞职了，就算发生了什么，到时候也不会留下任何后患。这种想法是有些无耻，但这一点的确让修司更加大胆。

不过，遗憾的是修司并没有搞婚外恋的经验。他不清楚此时此刻该如何是好。要怎样邀去酒店，在酒店里又该如何行事？最重要的是，他不知道情人旅馆到底要花多少钱。

修司若无其事地把手移向上衣口袋。摸到钱包，他不禁叹了口气。他做梦也没有想到自己会走到这一步：付完饭费酒钱，几乎花光了所有。照这样下去，估计连回去的出租车费都保不住了。

修司暗自咂舌。但同时，内心深处的某个角落又有一种松了口气的感觉。

他揣着复杂的心情把睦子送上了出租车，又从所剩无几的钱包里取出几张千元大钞塞进了睦子手里，约好一周之后再见，才目送车子渐渐远去。

出租车刚一消失在夜幕之中，修司就开始全速冲向附近的车站。由于一身赘肉，加上灌了酒精的缘故，身体沉重如铅。没一会儿工夫他就上气不接下气了。尽管如此，总算还是赶上了最后一班电车。这辈子绝无仅有的一次不伦之恋就这样不了了之了。

此后的一个星期，修司每天都过得心不在焉。在公司办公室里，他的座位在最里面，而睦子则坐在他左手边靠近门口的一个角落。修司每天都会趁看文件的时候，偷偷地望着睦子的身影。白皙的脖颈和胸口娇艳地闪烁着光芒，似乎都在诱惑着他。

一个星期很快就过去了。第二次约会的当天，修司从早上就开始心神不定，没办法全身心地投入工作。他焦急地等到了午休时间，独自一人来到公园大道上物色餐厅。他想找找看有没有气氛好、价格适中的店铺。对于年轻女性的喜好，他丝毫不了解。在纠结了一番之后，终于在PARCO商场的后边找到一家品位不错的小酒馆。套餐价格是五千日元。修司取出记事本把店铺名称、电话号码和套餐价格都记了下来。

修司个头高大，身材魁梧，面相里透着严谨耿直，一看就是那种能够委以重任的类型。这样一个男人忌惮着旁人的目光，曲着身子，用余光左右窥视着穿过一条小巷。接下来就是情人旅馆了。修司迅速地扫了一眼门口的价目表，开始在脑子里盘算：吃饭的钱，打车的钱，加上住店的钱……

穿过一块空地，修司在小巷深处找到一家普通民宅风格的情人旅馆。他刚要往里面探头，迎面走来一位中年妇女。修司若无其事地站到一旁，待到女人的身影从视线中消失的一瞬间，嗖的一下子，迅速钻进旅馆的入口。他向坐在前台的一位男子询问道："打扰了，请问能让我参观一下房间吗？"

修司从表面上看就是一个特别认真的人，做任何事情都谨小慎微，连搞个外遇都要把当下的发展进度掌控到位。

前台负责人不禁一怔，回头看了看修司。来情人旅馆事先踩点的客人还真是前所未有。不过，这里的客人当中确实也有些奇葩的男人。那位前台负责人心里不禁苦笑，无奈之下只好叫来负责带路的大妈，把房间的钥匙递了过去。修司满脸通红地跟在那位大妈的身后。

这还是修司第一次见识情人旅馆的房间。室内四周贴满了镜子，一直延伸到房顶。还有一张巨大的双人床，上面铺着华丽的床罩。昏暗的灯光下，一台电视机稳稳地安放在那里……

修司僵着身子，瞪圆了眼睛仔细察看。

"嗯……"修司抬高嗓门说道，"这个房间，帮我预订一下。"

"预订？"

"今晚八点半……不，不，估计要到九点了。从九点开始……两三个小时就够……"

"先生……"

大妈张口结舌，睁大眼睛望着修司，然后略带讥讽地说道："这种事，好像没有预订的吧。"

"欸？啊，是吗？哈哈哈，原来如此，这样啊！"

修司满脸通红地从情人旅馆蹿了出去。

回到公司，修司把餐厅名称、路线图、联系电话以及碰面的时间清楚地写在了一张纸条上。"咳，咳"，他故意咳嗽了两声，开始向睦子喊话。

"宫本！"

睦子从座位上起身，来到修司面前。

"这个，分成A、B两组，分别打出来会更好些。"

"好的。"

为了掩人耳目，修司故意提高嗓门。

"这里，也应该隔开一点。"

说着，他偷偷地把那张纸条塞到了打字稿下面。睦子把稿子抱在怀里，目光热切地回看了修司。

"明白了……"

"就这样。"

睦子向修司行了个礼，便回到了自己的座位上。

修司"呼"地喘了一口粗气。那声响惹得下属们都不禁把头一齐转向了他，搞得他格外狼狈。他一本正经地继续工作。可是，拿着笔的那只手却在微微颤抖。

——没出息！这不显得我特别没用吗……

修司自嘲地想，用左手按住了一直在颤抖的右手，余光瞥向睦子。睦子看完纸条，正准备塞进包里。

修司又把目光转向了窗外，他看到鸽子穿过林立的高楼飞向了远处。

"部长!"

"……"

"部长,您的电话。"

修司收回视线,发现大川正一脸狐疑地低头看着他。他这才回过神来。

"嗯?哦!"

"您家里打来的。"

接过电话,对面传来妻子金子的声音。

"对不起,你正工作的时候打扰你……"

"有什么事?"

"今晚回家……跟平时的时间一样吗?"

"嗯,不,今天,有个会……"话刚一出口,修司连忙环顾了一下四周,然后小声地说,"有个地方得跑一趟……"

"我这里……有点急事。"

"回去之后说不行吗?"

修司不由得背向睦子,一副要躲起来接这通电话的样子。

"……拜托了。"

金子的语气里带有几分逼迫的意味。修司在心里暗自咂舌。

"有什么事，赶紧说吧……"

"盐子，她很奇怪。"

"盐子怎么了？"

"我去一趟你那里吧。"

"喂……"

"五点半，我到接待处。"

"喂，我不是说过回家之后再说吗……"

"那就来不及了。这辈子，就这么一次。我求你了！"

电话直接被妻子挂掉了。修司满脸失望地放下听筒。

——一辈子绝无仅有的两件事撞到了一起……这运气也真是太糟糕了。

修司叹着气，望向睦子。而睦子正若无其事地在那里平静地敲着打字机。

整件事情还要追溯到当天临近中午时分，古田家接到的那通来电。

金子正在客厅里专心致志地练习瑜伽。她很不情愿地从冥想的姿势中站起身来，去拿起电话。

"这里是古田家。"

"这里是皇家床具,感谢惠顾!"

听筒里传来金子没听过的声音。

"喂?喂喂?"

"这边是要跟您确认一下送货时间。卡车都已经安排好了,今天晚上就能给您送过去……"

"喂喂?"

"时间可能会稍微晚一些。估计要到七点了。"

"我们这里是古田家……"

"欸?"

"我们好像没有订床……"

"那就奇怪了。一位叫古田盐子的客人……"

"那是我家女儿。"

"这里是用古田盐子小姐的名字……订购的一张双人床……"

"双人床……"金子吃惊地瞪着眼说,"那……说的是要送到我们家吗?"

"是的,是送到公寓。"

出于一个母亲的直觉,金子感到事情有些蹊跷。她强行向床具店打听到了公寓地址,然后急忙给丈夫打去电话。也就是方才那通让修司倍感沮丧的电话。

结果，修司不得不放弃跟睦子的约会。这辈子绝无仅有的一场婚外恋，是在几经纠结之后才下定决心要付诸行动的。可惜，就在这一天晚上，妻子说要来公司……只能说是他运气不佳了。修司板着脸，把金子带到了附近一家咖啡馆。

"怎么回事？"

"……"

"到底什么事？快说！"

金子抬起头望着丈夫。

"订床的，不会是你吧？"

"什么床？"

"双人床……"

修司吓得身体僵直。如此过激的反应正说明了他心里有鬼。

"说什么呢！你……"修司慌忙地想要辩解，"我、我怎么……怎么可能干那种事……"不过他很快就意识到，自己只跟睦子吃了顿饭而已，不可能会被妻子发现。他在心里暗自打气：一定要冷静！

"都现在了，孩子们又在跟前。况且，重点是我也没有那个体力了呀！你在说什么你……"

"欸？"

"睡在铺盖里就够了。你这人究竟想什么呢！笨蛋！"

面对丈夫的狼狈相,金子不禁露出诧异的表情。

"我还在想不会是你……这么说,还真的是盐子咯？"

修司终于理解了妻子想要说的事情。

"究竟怎么回事？"

"我也是突然接到电话。"

金子把床具店打来电话的事情讲给丈夫听。

"公寓？"

修司若有所思地问道。

"港区北青山 5-10 号。高岛家园 405 室。"

"怎么回事,这是？"

"我也是一头雾水。"

"给盐子那边打电话了吗……"

"打了,说是外出了。好像是去一位什么老师那里取稿子,然后就直接下班了。"

修司咂了咂舌。

"那个小出版社,还真是敷衍了事。给那位什么老师打电话了吗？"

"怎么可能打，也不至于吧！"

"嗯，算了。但是那个双人床究竟是……"

夫妻二人相互看了看对方。这时，修司突然想到了什么似的。

"不会是那个家伙吧？佐久间！"

"不过……"

修司打断了想要插话的妻子。

"盐子正在交往的不就是那个佐久间嘛！那家伙，不知为什么，我总觉得他很讨厌。当然，我知道他对我也没什么好感。所以……他就要先下手为强？"

"人家佐久间的公司宿舍在目黑！"

"要是又新租了一间呢？"

"没那回事呢！"

"你怎么知道的？"

"我打电话问了。当然是委婉地问的。"

"给佐久间吗？"

修司瞪圆了眼睛。要论关键时刻的行动力，他到底还是比不上妻子。

金子点了点头说："他还问，为什么是北青山……"

"别是在装糊涂吧？"

"我感觉倒不像是。那语气是真的不知道。"

"这些话，你刚才怎么不说？还让人家在这里噼里啪啦地乱讲了一通。"

修司这一赌气，金子的火气也跟着上来了。

"说话也得讲个顺序吧！我是想要一五一十地说来着，是你自己性子急非要抢着说，你这还生起气来了……"

"佐久间没租那公寓的话，为什么用盐子的名字……"

"我问了呀，在电话里问那位床具店的工作人员……"

"提到床具店的人没必要那么礼貌！"

"我问他们，订床的时候是她一个人去的，还是两个人……"

修司下意识地向前探了探身子。

"然后呢？"

"对方说订单不是他负责的，他也不清楚。"

修司气得哼了一声，金子也叹了口气。

"我感觉对方好像是意识到打错了地方，所以才有意不说的。这种事情不是常有嘛！本来给情妇的公寓送床，结果被正室抓了个正着。"

"跟这件事毫无联系嘛……"

"或许是朋友什么的，借她的名义……"

金子心里祈祷着要真是那样就好了。可修司紧接着跟了一句。

"那为什么非要借别人的名义呢？"

"想不通。要不是那样的话，这件事就更蹊跷了。"

"光是瞎猜也说明不了问题。"

"那到底怎么回事？"

"地址不同，但电话号码写的是我们家，还用了盐子的名字，这应该就是……"修司眉头紧锁，开始问道，"最近盐子有没有什么可疑的情况？"

"这么说来……"金子"啊"地尖叫一声，"……钥匙！"

"什么钥匙？怎么回事？"

"从来没见过的一把钥匙，她好像拿过。我还问过她是怎么回事呢。可她说是吊坠。"

"是挂饰吗？"

"还说最近流行这东西，难不成那真是一把钥匙？！"

"你是怎么当妈的！这种事竟然被女儿……"

修司下意识地厉声喝道。

"孩子她爸……"

金子使了个眼色提醒修司注意。周围的顾客正看着他们两个。

修司叹气道："总之，不跟盐子问清楚，咱们两个在这里说这说那的也无济于事……"

"我听说佐久间跟盐子是六点半在银座见面。"

"笨蛋！你早说不就行了！走，去那里问清楚！"

"可是，那张床七点钟就要送到公寓那边了。"

两个人面面相觑。

"你知道盐子他们在哪里见面吗？"

金子点了点头。

"那你就去那里。"

"孩子她爸……"

"我就到这里去看看……"

修司从桌上拿起写有公寓地址的那张纸条。

"双人床……"

他在嘴里一边哼唧一边奔出咖啡馆。此时，睦子的倩影早已从修司的脑海里一扫而空。

望着丈夫离开之后，金子直接前往了盐子他们约会的那家餐厅。

那是一家朝向银座大道的餐厅。傍晚时分，刚刚下班的男男女女使得餐厅内座无虚席。

佐久间和盐子大概从一年前开始交往。但两个人的关系好像始终没有突破到普通朋友以上的程度。至少盐子对佐久间的感觉很难称得上爱慕。即便如此，盐子倒也带佐久间来过家里几次，金子和修司都见过佐久间。

佐久间晃一，二十八岁，一家二流企业的公司职员。乍看上去，似乎并不是一个多么靠谱的男人。

金子环顾了一下店内。佐久间正一个人呆呆地坐在一个角落的座位上。放在面前的汤，好像没有动过的痕迹。他正目不转睛地望着桌上一封展开的信件。

"盐子还没到吗？"

"……伯母。"

"打扰一下，可以吗？"

"您请。"

金子在佐久间面前坐下，目光投向了那碗汤。

"刚刚你已经开始用餐了吗？盐子应该就快来了吧？"金子一副略带责难的口吻，她回头望着餐厅入口，嘴里念叨着，"明明是个守时的孩子。实在对不住了……"

金子收回视线，目光停在了桌上的那封信上。

佐久间注意到金子疑惑的表情。

"盐子小姐，她不会来了。"他一脸阴郁地说。

"啊？"

"她事先把这封信放到了店里。"

佐久间用下巴指了指那封信。

"上面写着她来不了的理由？"

"那倒不是……"

佐久间扭过脸去，说道："她说……希望我们两个人的交往到此为止……"

这时候，服务员把肉菜端了上来。可是，看到还没有动过的汤，服务员呆立在那里，不知道如何是好。

"请放在那里吧。"

佐久间看到金子把服务员打发走了，脸上露出了苦笑。

"这个时候，虽然我不太想吃，但是既然坐下了……"

"是啊，总不能说就要一杯咖啡吧。"金子点了点头，又问道，"你们有没有吵架什么的？"

"没有，更准确地说……"佐久间突然垂下了肩膀，然后像是突然想起什么似的，抬起头问，"您在电话里提到的北青山是怎么回事?"

"哦,没什么……我只是有点担心。"

金子专程赶过来,已经让佐久间察觉到了什么。

"……盐子小姐,不会是有其他喜欢的人了吧?"

金子猛地看了一眼佐久间,不禁一惊。自己一直怕说出口的事情竟被他一下子猜中了。

从床具店那里问到的公寓叫"高岛家园"。

外表看上去很壮观,其实就是那些徒有其表而没什么内涵的城里人才喜欢的公寓。那是一座七层楼高的建筑物,楼身外壁贴着白色瓦片,一楼还有个大厅。每层楼中间都有一道狭窄的走廊,两边各有一排带厨房、卫浴的一室户。

修司在公寓前停住了脚步。一辆车身上写有"皇家·床具"的卡车停在那里。司机坐在驾驶室里听着收音机。

修司愤愤地走了进去。上到四楼,刚一下电梯,一张卡在楼道中间的双人床就映入了眼帘。有三个男人正喊齐号子,试图把床搬进房间。其中两个穿着相同上衣的年轻人很明显是配送员,还有一个穿着花哨上衣的中年男人，估计是配送主任或是床具公司的人。

但由于床的宽度和楼道宽度几乎一样，所以怎么也挪不动。就在几个人正着急的时候，床的前端终于往屋里进了一点。

修司一边确认纸条上的地址，一边想要从仅有的缝隙里钻过去。或许是因为搞错了方向，那张双人床突然间又被撤了出来。这时，修司急忙往回倒，可脚不听使唤，结果夹在了床和墙壁之间。

"啊！疼疼疼……"他发出一阵悲鸣。

撑着床后面一端的那个穿花哨上衣的男人将目光转向修司。

"拉一下，拉一下……再来一点。好……很好。拽的同时还得转一下……"男人指挥着前面两个人，突然转向修司说，"喂，别愣着，搭把手呀！"

他好像是把修司误会成配送公司的人了。

"啊？"修司感到有些莫名其妙。

"那边那个角不结实，得抬一下，那边。"

因为床身抵在了墙壁上，修司并不能看到那个男人的脸。无奈之下，他只好把手搭到床的一端跟着一起往上抬。

"好！抬着转一下，转进去……"男人命令道。

修司照着指令使劲地往里挪。可他本就是个外行，再加上体力不支，床身并没有像预想的那样移动。

"唉！这样不行！"

"公寓这地方，走廊太窄了！只是外面看着气派罢了！"

前面传来年轻人的抱怨。那个身穿花哨上衣的男人大声嚷道："就算你们抱怨一通，这楼道也不会变宽呀！"

"干脆立起来不就好了？"

"早想过了，但你看那灯，太危险了……"

"是吊灯啊。"

"要是没这个柜子就没问题了。"

"本来这地方放个柜子就不合理。"

"不合理才是这个社会的常态嘛。别干生气啦，干吧！"

那个男人如同他的外表一样，似乎是个乐天派。修司不知不觉被他感染，跟着一起喊起了号子："一、二……"

"走！"

两个人合力一起把床抬了起来，这下子床还真的动了。

四个人费了九牛二虎之力，终于把床挪进了房间。

负责配送的两个人松了口气，他们把套在床上的罩子卸了下来。

"好家伙，都出汗了！"

这一系列意外的情况，让修司整个人还在发蒙。穿花哨上衣的男人从上衣口袋里拿出手帕，擦了擦额头的汗。

"辛苦啦！"他说着，拍了拍修司的肩膀。

"嗯，嗯？不是……"

"这个，给大伙儿买盒烟什么的……"男人从怀里拿出了一张一千日元的钞票，塞进修司的口袋。

"欸？"修司一副诧异的表情，将钞票从口袋里捏了出来，"这是什么意思？"

"少是少了点，但也不必拿出来嘛！"那个男人将修司的手又按了回去，"你又不是什么通产省[1]的官员，收下这点儿钱算不了渎职。就当是给大伙儿买根烟

---

[1] 通商产业省，日本旧中央省厅之一，承担宏观经济管理职能，2001年改组为经济产业省。（本书脚注均为译者或编者所加）

抽了。"

　　这时，修司才恍然大悟。那个男人是把他当成了配送公司的工作人员。如此说来，他莫非就是这床的买主？也就是盐子交往的对象？

　　修司一时间不知该说些什么。

　　这时，只听到一阵脚步声。随后，传来一个熟悉的声音。两手抱着大件物品的盐子飞奔了过来。

　　"真是对不起啦！"

　　盐子没有注意到门背后的父亲，她搂住男人的脖子撒娇。

　　"人家怎么也挑不到中意的，找了好久……"

　　说着，这才突然发现修司。然后她像冻住了一样，僵直地站在一旁。

　　"爸……"

　　"爸？"

　　男人吃惊地望着修司。

　　盐子倒吸了一口气。

　　"爸，您怎么在这儿？"

　　"你又怎么在这里？！"修司板着脸，质问道。

　　"嗯……打扰一下，麻烦您给签个字或者盖个章。"

一位配送员把单子递给盐子。

盐子一脸茫然,那个男人便从口袋里拿出笔签了字。

"哦,谢谢。"

两位配送员直到离开时,还一直在盯着盐子、修司和那个男人看。

那张巨大的双人床放在屋子里,看上去极不协调。三个人陷入了尴尬的沉默。

最先打破沉默的是修司。

"盐子,这究竟是怎么回事?"

盐子无言以对,一脸为难地看了看男人的脸。

"怎么回事?!"修司厉声喊道。

"事情总得有个顺序吧?!"修司用愤怒的目光瞅了男人一眼,继续道,"你就是在跟这种人交往吗?他是什么职业,家庭条件如何?总得见过家长再……这不是首先要做的吗?!"

"要是能说,我早就说了。"盐子突然说道,"可我想说也说不出口啊。"

修司瞥了一眼男人。

"年纪多大?"

"……三十八岁。"

"差十五岁呢……"修司皱起了眉头,"职业呢?"

"插画师,自由职业。做些插画、题字之类的。嗯,也做设计。"

"不是初婚,对吗?"

盐子和那个男人不由得面面相觑。

"是二婚吗?"修司又问了一遍。男人露出一副进退两难的表情说:"不是……"

修司不解地歪着头。

"实在抱歉。"

"抱歉?"修司张大嘴巴,不停地眨着眼睛。

"实不相瞒,我没办法结婚。"

"没办法结婚?"

盐子和那个男人再次互相看了看。

修司瞪大眼睛问:"难道你有老婆孩子?"

"是那么回事。"

男人脸上露出一副难以形容的表情。

修司嘟囔道:"有老婆孩子你还……"

他攥起拳头,突然间意识到自己手里还抓着那张千元钞票,于是立刻狠狠地把它扔到了地上。

盐子瞪大了双眼。

"怎么？这钱是怎么回事？"她低声问男人。

男人用下巴指了指床。"床送来的时候，你爸帮忙搬来着，我还以为他是床具店的主任什么的，就塞了点钱让他买包烟……"

"爸，您帮忙搬床了？"

盐子的表情缓和了一些，然后忍不住笑出声来，随即又突然意识到修司还在气头上，便赶紧收住笑声，捡起地上的钞票。

修司狠狠地甩开女儿的手。

"你……有这样拿父母开玩笑的吗？"

修司一边大声嚷着，一边冲到男人面前。

"你打算怎么着？租下这间屋子，还弄来这么个东西！"

盐子钻到两人的中间，紧紧地拉住修司。

"您先等等，等等。提出来要租房子的是我。"

"你少袒护他！"

"没有袒护。因为办公室里人来人往的，电话又多，我就想找个安静的地方好好地工作……"

盐子辩解着，可脸已经羞得通红。修司目睹了女儿的这种糗事，也同样感到了一种无地自容的羞恼。但既然走到了这一步，他就不能退缩。

"画个插画还需要床？！"

修司一下子勃然大怒，厉声喝道。

"需要桌子。但我们真心相爱，就跟需要一张桌子一样，也需要一张床。"

"这种不要脸的话也是跟这个男人学的吗？！"

盐子咬着嘴唇瞪着父亲的脸。

"你们这是打算同居？"

"不，不是。是走婚。"

"走婚？"

"他也是这么想的。"

修司气得说不出话来。因为太过激动，他一直呼呼地喘着粗气。紧握双拳的手也在不停地颤抖。

盐子也因为羞臊和冲动而全身哆嗦。她颤抖着声音说道："抽……抽根烟吧。"

盐子暗中观察父亲的表情。

"怎么说话呢？有你这么跟父亲说话的吗？！"

修司一边大声训斥，一边将颤抖的手伸进口袋里翻找。

"用不着你说，我也得抽一根！"

男人看到修司掏出香烟，像是被传染似的也从自己兜里摸出了一根，然后用打火机点燃。

修司这边一直叼着香烟，却找不到打火机，正愁着不知如何是好。那男人看不下去了，便把打火机递了过来。修司固执地拒绝，男人则一再想要帮他点上。正在气头上的修司干脆把烟从嘴上拿了下来，气鼓鼓地塞回口袋里。这时，伸进口袋里的手指意外地碰到了打火机。于是修司再一次掏出香烟叼在嘴上，用打火机点燃了它。这根香烟经过修司一通胡乱揉搓之后早已经扭曲变形了。那样子跟他这位受挫的父亲还真是颇有几分相似。

修司和那个男人各自怀揣着心事，喷吐着苦涩的烟圈。

盐子拿来一个空罐子，接了些水，放到两人的中间。

"盐子，"修司叫住女儿，"你跟他是玩玩儿而已，还是认真的？"

"我是认真的。"

男人抽着烟，在一旁打量着这对父女的表情。

修司把视线转向那男人，用手指戳着对方问道："你，叫什么名字？"

"石泽。"

"那你呢？是玩玩儿而已，还是认真的？"

石泽一下子答不上来。

"我问你是玩玩儿而已，还是认真的？！"

"玩玩儿而已。"

盐子不禁低声惊叫。但石泽有意没让她说话，紧接着补充道："我丝毫没有结婚的打算，只是玩玩儿而已。被伯父抓了个现行，没办法，我只好承认，在这里先跟您说声抱歉。"

石泽脸上浮现出自嘲的笑容。

"我要是再年轻十岁，肯定会狠狠地揍你一顿！不，光是揍你一顿还不够！"修司的太阳穴青筋突起，"既然你敢对还没出嫁的姑娘下手，想来也应该是做好了思想准备的……你要是说：'我是认真的。我真心爱上了您的女儿，不管别人怎么说，我都不会离开她。'那还……"修司气得瞠目结舌，"那还算过得去……可你这……这算什么！这才刚被家长抓包就吓成这样……"

石泽耷拉着眼皮，坦然地接受修司的训斥。

修司把烟蒂扔进空罐子，转头催促盐子："走！"

"盐子！"

"您先回去吧，我还有话想跟他单独谈谈……"

修司站起身来，仿佛是被盐子的目光驱赶出去的。

"我在下面等你……"

修司走到门口，突然又想起了那张双人床，他面色铁青地重新折返回来。

"爸……"

修司一把甩开惊讶得瞪大眼睛的盐子，又用力撞了一下石泽，只见石泽"咣"的一声坐倒在那张双人床的正中间。"有话，走廊里说去！"

盐子瞪着父亲的脸，拉起石泽，来到走廊。房门"砰"一声关上了。

独自一人留下的修司又重新打量了一番这间令人扫兴的屋子。他突然意识到自己竟坐在了女儿和那个男人为了偷情而专门购置的双人床上。这让他感到恶心至极，如坐针毡，瞬间又从床上弹了起来。修司来到窗边，想要眺望屋外的景色，结果映入眼帘的却是各色情人旅馆的霓虹灯招牌。他的脑海里不禁浮现出睦子的胴体。

慌乱之中，他赶紧关上了窗户。

修司无聊地穿过房间，打开了那扇通向走廊的房门。石泽和盐子的身影就在靠近门不远处。盐子偎在石泽胸前，似乎正急切地诉说着什么。来来往往的公寓住户经过都会用好奇的目光打量这两个人。

修司看到这一幕，不禁脸色大变，厉声说道："有事到屋里去办！不对……我的意思是去屋里谈。"

两个人老老实实地又回到房间里。

"石……石……"

"石泽。"

"你有孩子了吗？"

"有个女儿。"

修司瞪了石泽一眼。

"我到楼下等你！"

修司一脸严肃冲着女儿说道。他努力摆出一副威严的姿态，便离开了。

盐子和石泽分别站在双人床的两边，相互对视着。

"我是不会死心的！"

盐子强忍着噙在眼眶里的泪水，态度坚定。她用尽全力在那里故作坚强，石泽却毫无回应，只是默默地看着她。

"刚才那些话都不是你的真心话！"

盐子苦苦地哀求着。石泽却把脸转向了一旁。

"你是认真的！这一点我心里很清楚。"

"我就是玩玩儿而已，不喜欢拖泥带水。"石泽依旧语气生硬地说道。

"你故意摆出一副卑鄙龌龊的样子……这些都是你装出来的！"

石泽露出一脸苦笑。面对盐子这股直抒胸臆的年轻劲儿，他确实有些招架不住了。但是盐子的这一点在他这样的中年男人看来，实在是惹人怜爱。

"快去吧，伯父还在等你……"

石泽用下巴指了指房门。

盐子这才很不情愿地走出房间。

修司把女儿留在了那个男人的房间里，独自一人来到楼下。他站在公寓前的树荫下，自言自语地嘟囔起来。

"我辛辛苦苦把你养大，究竟是为了什么？！唉！养了你二十三年，这都是为了什么呀！那个混蛋！真想把他给千刀万剐了！没错！我非得宰了他不可……"

修司身体僵直，声色俱厉。两名正在大街上巡逻的警察突然停住了脚步，一脸狐疑地盯着修司。

"啊！您辛苦了。"修司连忙点头哈腰，紧张地解释说，"我……我是在等我女儿……"

修司正冒着冷汗解释时，盐子从里面走了出来。石泽就站在她后面，一脸的谄笑。盐子看到父亲之后，迅速转向石泽，低声私语了几句。突然，女儿跑了起来。修司赶紧追着女儿也跑了起来。

直到上了电车，修司才终于追上女儿。可盐子完全无视修司，一句话也没有跟他说。修司也不知该如何打破僵局，只能任凭怒火在胸中不停地翻腾。

父女俩这一路上没有任何交流，就这样到了家。

修司按下门铃，金子很快就跑出来开门了。只见她一身运动衫搭配长裤，许是刚才正在练习瑜伽。

"回来啦。"

金子打开大门，像是等候了许久。修司根本没有气力回答，只是板着脸来到客厅。金子连忙尾随其后。

一进客厅，修司"咣当"一声，盘坐在榻榻米上。金子正要开口搭话，盐子恰巧从走廊穿过。

"盐子！"

修司叫住女儿。盐子把视线转向父母，本想要直接走掉。

可修司像个弹簧一般跳起身来，追上盐子，伸手拽住了她的皮包。

"您这是干什么？"

"喂！你过来检查一下这里面！"修司抓起盐子的包，冲金子喊道，"你看看里面有没有公寓的钥匙。这家伙竟然跟一个有老婆孩子的男人在公寓里……"

"……盐子！"

金子眼睁睁地看着父女俩在那儿乱作一团，一时间不知如何是好。

"那个男的说要就此结束，不知道是真的还是假的。你检查一下钥匙……"

修司强行夺过皮包，正要把开口朝下倒过来，金子却紧紧地抓住了丈夫的胳膊。

"孩子他爸，你别这样！就算是父女，你也不能这样翻女儿的包。你这样，要是真翻出什么不可见人的东西……恐怕这一辈子都会后悔的！"

盐子趁父亲迟疑的工夫，从他手里把包抢了过来，然后直接往地上一倒，故意要让父亲看看里面的东西。结果，包里的各种小物件一股脑地散落在地。

修司和金子一脸茫然地望着地上的那些小东西。盐子则喘着粗气，斜眼瞪着自己的父母。短暂的沉默过后，修司和金子不约而同地刚要开口说些什么，这时，电话铃声突然响起。

金子向电话跑去。慌忙之间，踢飞了盐子的口红。那支口红"咕噜咕噜"地滚到了修司的脚下。

"这里是古田家。"金子一脸疑惑地拿起听筒，"嗯，已经回来了。您是……物资部的宫本小姐……"

"宫本！"

修司一动不动地望着妻子的脸。

"哦，我家先生承蒙您平时照顾了……"

金子对着电话行了个礼，然后将听筒递给了丈夫。

修司感到狼狈不堪。他一边踢开滚到脚下的口红和粉底盒，一边朝电话走去。结果，正好和刚进门的儿子阿高撞了个满怀。修司瞪了阿高一眼，踉跄了几步，才拿起听筒。"喂？"修司惶恐不安地接过电话。

果然是睦子。

"啊，部长。我是想请示一下明天要提交给通产省的文件，正副本两份就可以了吗？"

睦子的声音异常冷静。修司配合她的语气答道：

"哦,那个文件啊,两份就够了,正本、副本一共两份。"

"我是担心万一要是不够就……"睦子说着,语调一转,"我现在正一个人在涩谷吃饭呢。涩谷的'玫瑰坊'。"

"玫瑰坊"正是修司原先要和睦子幽会的餐厅。修司听了不禁一惊。

"啊?哦,是吗?"

"您家里的病人怎么样了?"

修司取消约会时的借口说的是"女儿突然生病了"。

"哦,那个啊,总算是稳定了。真是不好意思,麻烦你了。"

"……那,晚安了。"

"嗯,非常感谢。"

盐子趁着父母把注意力都转移到电话上的工夫,从西装口袋里掏出了钥匙塞到阿高手里。

修司挂掉电话后,深深地松了口气。

金子一脸疑惑地问道:"宫本小姐……是哪位呀?"

修司显得有些惊慌失色。"过年时,她好像没来过我们家。嗯,确实没来过。二十七八岁的样子,挺普通的一个姑娘……挺不起眼的。单亲家庭,家里就一个妈妈。"

"哦,这位宫本小姐……"

"她是担心文件准备的份数不够,才打电话过来的。如果不够的话,大概是打算明天一早去公司打出来。"

"她对工作还挺热心的。"

"最近呀,女人可比男人强多了!"修司不由得提高嗓门,"那些男人,想的净是打麻将,要么就是想早点回去!"

修司一边踢开脚下的那些小东西,一边回到原来的位置,愤愤地盘腿坐下。金子把东西都捡起来,帮盐子放回包里。

修司取出一根香烟叼在嘴里。他刚准备要点燃,却又停下来,深深地叹了口气。一时间好像还是无法平复内心的波澜。对女儿的愤怒,对妻子的愧疚,还有对睦子的恋慕一股脑地搅在了一起。修司没办法按捺住内心的亢奋。

阿高回到自己的房间,戴着耳机躺在床上听起了收音机。这时,换上睡衣的盐子突然走进来。她一连敲了几次门也不见回应,就自己闯进来了,然后二话没说，直接摊开手掌。阿高却佯装不理她。

"阿高！"

盐子毫不客气地走到阿高身边，再次把手伸到了他的眼前。

阿高一脸嫌弃地把头转向一边。

"阿高！"

在姐姐的怒视下，阿高无奈地用下巴指了指书架。书架上放着一个棒球手套，钥匙就在上面。盐子把钥匙装到口袋里，朝阿高双手合十。她想把事先准备好的五千日元递给阿高。

阿高却一把将钱甩开。

"我才不要呢！"

"为什么？你之前不是还说没有零花钱吗？"

"我说不要就是不要！"

阿高得知姐姐陷入不伦之恋，内心也是备受打击。一直以来，在他眼里，盐子只是自己的姐姐，现在却突然摇身一变，成了一个活脱脱的"女人"。就连见面都会让他感到一种羞臊，所以态度自然变得生硬起来。

盐子感受到了弟弟对自己的厌恶，内心不禁涌上来一股羞愧和内疚。她很清楚自己的表情已经开始僵硬，但还是挤出一副毫不在意的笑容，把钱从地上捡起来，默默地放到了书桌上。

姐姐离开房间后，阿高起身坐在床上。他取下耳机，房间里充斥着嘈杂的摇滚乐。

在一阵阵音乐洪流的冲刷下，阿高体味着无法言语的哀伤。

盐子回到自己的房间，仰面朝天地躺在床上盯着房顶，反复思量着石泽的话。她明知这是场不伦之恋却依旧深陷其中，所以她自己也很清楚将会面临的痛苦和烦恼。但石泽对自己"只是玩玩儿而已"的说法，盐子无论如何都不相信。

——对！他肯定是在父亲面前故意那么说的！绝不能让父亲把我们拆散。

盐子咬紧嘴唇，暗自下定决心。这时，门口传来一阵敲门声。

"是妈妈……"

随后，听到金子小心翼翼的声音。

"盐子！"

"有什么话，明天再说吧！"

盐子不耐烦地吼道。金子还不死心,继续咚咚咚地敲门。

"吵死啦!"

隔壁房间里,阿高烦躁地嚷着。

面对拒绝沟通的女儿,金子最终只好放弃,独自走下楼。

在楼下夫妻俩的房间里,修司已经钻进被子,正茫然地望着天花板。他手里拿了一根香烟,却没有想要去吸它的样子。金子刚一进屋,修司就坐起身来,眼神里充满了疑问,似乎想问:"怎么样?"

金子摇摇头说:"她让明天再说。"

修司深深地叹了口气。

"真没想到!我一直觉得这孩子不会做出这种事……"

修司一脸不悦:"这可不是我们家的秉性。"

"秉性?"

"我是说遗传!我们家这边,母亲也好,祖母也罢,可都跟那种事是八竿子打不着的。唉!没什么本事,还挺执拗……"

金子听了，火气也跟着上来了。"你说哪方面盐子是遗传了我们家的秉性？"

"你们家亲戚里面不是有吗？你想想，还是你说的呢！在一次葬礼上，好像还是守夜的时候，一个有丈夫的老阿姨跟一个年轻小伙子因为什么矛盾闹得不可开交来着。"

"要是在亲戚朋友里调查一下的话，估计哪家都能翻出来一两件这样的事情，只是不提罢了。"

"我们家可没有！我们家这边，都是当校长、当警察的，为人都很正派。你们家，净是些开和服店、点心铺的。"

"不管怎么说，也就是我性格随和罢了。倒是你遇到什么事都把责任往别人身上推。"

一阵尴尬的沉默顿时在空气中弥漫开来。夫妻二人背对背，不约而同地叹了口气。

"不过，今天那个男人表现得可实在不怎么样。就是一个没担当的家伙！想来盐子看到他那副样子也该清醒了！"

修司意识到自己刚才说得有些过分，想要讨好一下妻子。

"是吗?"金子表示怀疑,"我倒觉得她不会那么轻易就死心。恐怕她会……"

"……"

"女人或许就是这样。"

金子的一句话戳中了丈夫的心思。修司想要掩饰自己的狼狈,于是迅速捻灭香烟,关掉了台灯。

他仰面朝天地思索着。

——女人可不会那么轻易就死心……原来如此,果真是这个道理……

宫本睦子正是因为心有所想,才会独自一人跑到原本要跟修司约会的餐厅吃饭,还以工作上的事情为借口,给修司家里打来电话。

如果没有盐子这档子事,恐怕他们现在已经……

修司眼前浮现出白天考察过的情人旅馆。绚丽夺目的房间里,修司坐在一张巨大的双人床上,心正扑通扑通地乱跳。他望着睦子脱去衣衫的一举一动。娇羞和挑逗让睦子的脸颊泛起了红晕……

停!停!停!

修司极力想要挥去这些龌龊的妄想。

昏暗之中,金子窸窸窣窣地换上睡衣。

真是乌鸦落在了猪身上——只看见人家黑，看不见自己黑。

要想理直气壮地训斥女儿，劝她回头，还是得先正己身。修司在心里告诫自己，然后紧紧地闭上了双眼。

那天晚上，石泽一到家就瘫坐在了客厅的椅子上。他已经疲惫到无力开口说话。当然不仅仅是身体上因为搬床时意外耗损体力而造成的疲劳。主要还是精神上的疲惫，而且这方面的程度更甚一些。

他对盐子的感情究竟算什么？石泽自己都无从判断。如果不是逢场作戏，玩玩儿而已，难道是认真的？他不得不表示怀疑。或许是因为三十八岁这个年纪，他觉得自己已经没有体力为了得到一个女人去排除万难了。

何况还要去面对那样一个男人——盐子的父亲。想来那种不懂变通的父亲恐怕连"不伦"这个词怎么写都不知道吧。一想到要跟这样的老顽固去对决，石泽感到浑身的气力都泄掉了。况且他本身就不是一个喜欢与人相争的主。

石泽正在茫然自失的时候，妻子阿环轻轻地站起身，走出了客厅。阿环是一个很少打扮自己的女人，头发蓬乱，一身破旧的家居服。不过，正因为如此，石泽跟她在一起时也就不必假装振作。

阿环拿了石泽的睡衣回来，随手扔到了他的腿上。

两个人的独生女朝子睡眼惺忪地跑到阿环身后。

"要尿尿吗？"

石泽问女儿。

朝子还没开口，阿环就催促着说道："你自己不是会吗？"

石泽慵懒地换上睡衣，看到了桌上的黏土手工。他拿到手上仔细打量。听说是朝子在幼儿园手工课上做的，但实在是猜不出她到底想做个什么。石泽端详了一番之后，又把它放回了桌上。

"朝子这孩子，明明是个女孩，可这小手一点也不巧。"

"像我吧。"

阿环随手把丈夫脱下的衣服叠起来，冷淡地说道。但她好像突然想起什么似的，抬起了头，目光炙热地望着丈夫。

"对了，你是怎么回来的？坐电车还是坐出租车？"

"出租车。"

"这样啊……要是坐电车就好了。"

阿环见丈夫一脸诧异,便继续解释说:"那东西已经装好了!就在后街上。"

"嗯?"

"哎呀!就是之前我跟你提过的。这一年后街小巷里突然多了好几家拉客的酒吧,整天吵吵嚷嚷的,过路的行人都被拉进去了。那一块地方又是孩子们上下学的必经之路。附近规规矩矩做生意的店铺都受影响,形象大跌了,为人正派的顾客都敬而远之。所以这不,就组织起了市民运动。"

"哦,那件事。"

"在电视上,还有其他地方也见过一些维护日照权、反对搬迁之类的市民运动。看的时候没觉得怎么样,可真轮到自己,才清楚这里面的事情呀,可真不容易。只要一提钱,大伙儿的态度马上就凉了,很快队伍也就散了。仔细想想,一张海报,一块招牌,哪一个不得付现钱。有些人光是嘴上说得热闹,一到出钱的时候,就这个啦那个啦……说什么也不掏。"阿环越说越兴奋,"在钱这个问题上,可真是费了老大劲儿才收上来……

现在总算是装上了。"

"嗯？什么呀？"

"遥控摄像头呀！"

"啊？"

石泽已经疲惫不堪，脑子根本没有在转。阿环急切地说着。

"我们在拉客酒吧的那条小巷子里到处都装上了摄像头，控制中心就设在了派出所里。你去穿过那条小巷试试，拉客的马上就会蜂拥而上。他们一通花言巧语就是为了要拉你进去。这个时候，上面马上就会有声音喊道，'青鸟店那位拉客的请退回去。退到你家店铺屋檐下的六十厘米处。'"

"什么呀，这都是……"

"上面装了扩音器呀！客人们听了也会吓一跳，简直太好笑了。"

"咳！"

"'金钱豹的那位拉客的，请退回去。'"

石泽默默地望着妻子的脸，发现妻子的眼神里闪耀着一种光芒。

"干吗这样看着我？"

"因为你每次提起这种话题总是异常兴奋。"

"人嘛,总得给自己找点感兴趣的事做。"

石泽依旧是一副心不在焉的样子。阿环站起身来,问道:"要喝一杯吗?"

"不了。"

石泽也站起身来,突然间嘴里小声地冒出了一句:"石泽,请你也退回去吧!"

他走出客厅,只留下妻子一个人满腹狐疑。

阿环望着丈夫的背影,轻轻地起身,从架子上取下一瓶威士忌倒进玻璃杯里。阿环细细地品味着杯里的酒,脸上写满了迷惘,与刚才那个因为谈到酒吧街上装了摄像头而兴奋不已的她判若两人。

"石泽,请你也退回去吧……"

望着杯子里的酒,阿环轻声自语。不知为何,丈夫的那句话始终在她心中萦绕。

二

第二天,修司始终没办法静下心来工作。他总是在留意睦子的一举一动。但是,睦子却像是把昨天打过电话的事情忘得一干二净了,还跟往常一样坐在座位上默默地打着字。

修司心里在意的不光是这件事。和睦子相比,女儿盐子的事情更让他头疼。

修司打开记事本翻找电话号码,随后拨通了电话。还没等他开口说"喂",对面就传来一个清脆的声音。

"这里是《娱乐世界》编辑部!"

《娱乐世界》是一本社区杂志,盐子就是在那里做记者。

"对不起打扰了,请帮我找一下古田盐子。"

委托转接之后,修司听到接电话的那个人大声喊:

"芝麻盐去哪儿了?"

这人好像是在问别人,然后就听到一个男人喊道:

"芝麻盐不是去采访了吗？去采访了！"

"她去采访了！"

修司听到那个充满活力的声音答道。

"哦，采访啊，那她大概什么时候回来……"

"喂！"对方再次大喊，"芝麻盐什么时候回来？"

一阵男女的交谈声过后。

"这个不知道，大概得到傍晚吧。"

"那你知道她去哪里了吗？"

"不——清——楚——啊！"

修司怒火中烧。

"对不起，请问……你是男的还是女的？"

面对这个突如其来的问题，电话的另一端陷入了一阵沉默。或许是因为不知该如何回答才好。

片刻之后，只听到对方说："人家是男孩子啦。"

"哦，是吗？抱歉，请问尊姓大名？"

"青木美南。"

"青木美南……"修司想了想，再次确认道，"你……真的不是个女的？"

"您是哪位？"

青木美南的声音里带着几分疑惑。

"我姓古田。"修司刚回答完,青木美南紧跟着重复了一遍,然后嗲声嗲气地说道:"啊?哎呀,跟我们芝麻盐同姓嘛!"

修司听后,一脸愤愤地挂掉了电话。

"这些家伙……没一个正经的!"

这时,修司猛然抬起头,发现睦子正在担心地望着他。但是,他现在已经无暇去考虑睦子的事情了,愤怒和不安让他浑身颤抖。

"出去了?要傍晚才回来?!还去向不明……"

修司低声自语,突然咯噔一下往后推了椅子。直觉告诉他,自己的女儿正在和那个男人在公寓里幽会。他转身一本正经地对下属说道:"大川,我要去一趟'东西建设',把文件给我拿来一下!"

"啊?哦!"

大川连忙把文件送过来。修司把它往公文包里一塞,匆忙地离开了公司。目标自然是高岛家园。

——盐子万一果真在那里,该怎么办?

修司本来是因为怀疑女儿在那里才跑去的,可是真要到偷情现场去抓包,他又有些犹豫不决了。站在石泽的公寓门前,修司深呼吸了几下。

等到怦怦直跳的心脏平静下来,他才敲响房门。

"来了!"屋里传来一个粗犷而又陌生的声音。随后,说话的那个人打开了房门。只见是一个五十多岁的男人,穿了一件脏兮兮的夹克,嘴上叼着钉子,手里还拿着锤子。在他身后站着一个年龄相仿的女人。女人两只手里攥着抹布和水桶,一副警惕的眼神。

眼前这个男人叫梅本庄治,在附近经营着一家叫"梅干"的日式酒馆。那个女人正是他的妻子,名叫须江。他们受石泽和盐子的委托,须江打扫房间,庄治则负责安装吊架。修司夹着公文包就站在他们面前。

"我跟你说,我们可是拒绝所有推销的呀!"

庄治生硬地说着,直接就要把门关上。

"啊?"修司愣在门口,一脸迷惑。

"就是!我们要是随随便便就跟你说句'行',儿子儿媳那小两口回头肯定会怪罪的!"

"儿子儿媳小两口?"

修司更是一头雾水。

"对!"

两个人高兴地看了看彼此。

修司不禁问道:"请问您儿子是做什么工作的?"

"干什么来着？画那个，那个叫什么来着？"

庄治说着，须江也跟着开口念叨起来："是个洋词，和'长筒袜'这个词的发音差不多。"

"长筒袜？"

"不是丝袜，也不是连裤袜。就在嘴边了。"

"现在特别流行的那个。"

"插画？"[1]

修司替两个人说出了答案。庄治和须江齐声喊道："对！对！对！"

"就是那个！"

"二位是他的父母吗？"

修司想，他们就是石泽的父母吗？然后，他不动声色地准备一脚踏进玄关。

须江踌躇了一会儿，说道："这个……被您这么一问还真……"

"我们其实是冒牌的父母。"

"冒牌父母？"

见修司皱起眉头，庄治赶紧解释道："不是有那种

---

[1] 日语中，"插画"（イラスト）和"连裤袜"（パンスト）的发音接近。

叫'雁拟'的油炸豆腐丸子吗？还有叫'梅拟'的，却是和梅花没什么关系的一种植物。其实就跟那些差不多。看上去像是一样的，但是有一点不一样。"

"说白了，就是代理父母。"

须江补充道。

"你刚才说那小两口？"

"那小两口呀……"

须江歪着头，庄治也露出一脸苦笑。

"他们也是'冒牌的'哦。"

修司不高兴地说："冒牌的啊？"

须江满不在乎地说道："他们两个都不是'正式的'。"说着，她看了看吊架，"孩子他爸，那边有点歪。"

"哦？"庄治站到吊架跟前，"这不是挺正的嘛。"

"右边低了，你看，是吧？"

修司不知不觉也跟着一起看了看吊架。"是感觉低了那么一点儿。"修司说着，突然意识到自己此行的目的。

"你指的不是'正式的'，是什么意思……"

"因为男方有老婆孩子。"

修司惊讶道："这也太不像话了！"

"咳！一般人看来是不像话。"

"可是，要是听了他们的倾诉，会觉得挺让人同情的。世界这么大，没几个人能帮得上他们。这样想来挺可怜的。"

修司不禁觉得可笑。"可怜……哈哈哈哈……你说他们可怜？哈哈哈哈……"

修司的笑声显得越发肆意。然后，他的面部表情开始扭曲，笑容也随之消失。

庄治和须江停下手里的活儿，一脸不悦地望着修司。

"你，到底是干什么的？"

庄治突然想起什么似的问道。

"我是当爹的！"

修司挺直腰板说完，庄治忍不住扑哧一笑。

"我没在跟你说相声。我问的是，你是干什么的。"

"我跟你说啦，我是当爹的，那女孩的父亲！"

庄治和须江听完，便愣在了那里。

修司把手伸到背后，顺势关上了房门，然后质问起面前的这两个人："你们到底是什么关系？"

"啊？"

"我是问你们跟那个画插画的，叫石泽的男人是什么关系……"

"我们在他家附近开了一家小店，叫'梅干'，石泽经常来光顾……"

须江结结巴巴地说道。

"卖梅干的店铺？"

"嗯，倒是也卖梅干。"

"哦，那就是酱菜店。"

"'梅干'是店铺的名字。"

庄治不耐烦地解释说："是小酒馆，日式的那种！"

"石泽常来我们店里吃晚饭，后来小盐也总过来。"

"小盐……"

修司目光犀利地瞪着须江，使得须江说话的声音变得越来越小。

"他们过来找我们商量来着……"

"我女儿，她有父母……你们就没有想过做父母的是什么心情吗？"修司踱步上前，逼近默不作声的两个人问道，"你们也有孩子吧？"

"我们没有孩子。"

"就算没有，也能理解女孩父母的心情吧……"

庄治实在忍不下去了,他用力吐掉嘴里叼着的钉子,大声吼道:"你这种做法实在太卑鄙了!既然如此,为什么不先报上名来?在那儿哄骗我们说了一通……你这叫欺诈!"

"孩子他爸……"须江慌忙钻到两个人中间,"小盐还真是不大像眼前这位先生……她肯定是像妈妈吧……"

修司毫不理会想要缓和气氛的须江,愤然地离开了公寓。

那天下午,金子走在涩谷公园大道上。她此行的目的是要前往在一家咖啡馆二楼举办的"石泽清孝个人展览"。作为母亲,她想要去会一会女儿这场不伦之恋的对象。

在一家清新淡雅的咖啡馆里,通往二楼的楼梯口立着一块牌子。金子决定登上二楼去探个究竟。

尽管是初次见面,但金子一眼就认出了石泽。他穿了一套非常鲜艳的西装,正在门口招呼客人。

"感谢各位百忙之中拨冗莅临!"

石泽向一众打扮时尚、看上去像设计师的男人流露出谄媚的笑容。

"我们再忙也比不上你呀!"

其中一个男人热情地拍了拍石泽的肩膀。

"是论公,还是论私呢?"

石泽贫嘴道。一群人一齐大笑起来。

金子正要走进会场时,石泽朝她也微笑着点了点头。

作品展区空间狭小,墙上挂满了画框,里面展示了很多书刊杂志上的插画原稿。金子一边走马观花地浏览作品,一边偷偷地打量着石泽。

她在里面转了一会儿,看到一对不合现场氛围的母女来到现场。那是石泽的妻子阿环和女儿朝子。阿环一如既往地素面朝天,身上穿着肥大松垮的便服,头发也只是随意地绑了一下,一身邋遢打扮。朝子手里拿着一根大大的棒棒糖,正津津有味地舔着。

金子若无其事地暗中观察这对母女。

阿环悄悄地走到石泽身边,递给了他一个信封。石泽抬了抬眉毛,但他好像又改变了主意,接过信封塞进了上衣口袋里。金子看到石泽抚摸朝子的头,不禁点了点头,心想,果然如此。

阿环看都没看那些插画，就牵着女儿离开了会场。金子迅速决定要追出去尾随她们。可没想到她刚要冲到门口，石泽突然一个转身，两个人撞了个满怀。金子倒向一旁，膝盖着地摔在了那里。

"啊！"

"这……真是对不起啦！"

石泽想要伸手去搀扶，可金子一脸不悦地推开了他的手，提起裙摆自己站起身来。石泽脸上闪过一丝不解，但很快又露出了圆滑的笑容。

"您能专程来看鄙人的画展，真是很感谢……"石泽指着门口处的桌子问道，"不好意思，能否请您去签个名呢？"

"不，不了还是……"

金子面露难色地回答道。为了拒绝石泽的请求，她快速地走出了个展会场。

在下楼梯的途中，金子就追上了快要下完楼梯的那对母女。她有意加快脚步，与母女二人擦身而过，让朝子手里的糖果黏到了自己的衣服袖子上。

"啊！"

"哎呀……"

"哎哟!"

"哎呀,怎么办呢?"

金子说着,故意抬起被弄得黏糊糊的衣袖给她们看。

阿环不停地弯腰道歉,并邀请金子到楼下的咖啡馆去坐一坐。虽然不好意思,但金子还是跟在了阿环身后。三个人来到最里面的座位相对而坐。阿环向服务员借来毛巾,仔细地帮金子擦拭粘在衣服上的糖果。

"这个清洗费,现在一般需要多少钱呢?"

"不用啦!也怪我不小心。"

"真是对不起了。"

既然已经坐下,总不能什么也不点就走掉。于是阿环给自己和金子各点了一杯咖啡,也给朝子点了杯冰激凌汽水。

两个人一边喝着咖啡,一边不约而同地看向墙壁上的一面大镜子。金子穿着一身专门外出时穿的衣服,脸上化着精致的妆容,而阿环则素面朝天,头发毫无光泽,搭配着一身松松垮垮的便服。镜子里两个女人的面容形成了鲜明的对比。

阿环笑着自嘲道:"真是的,父母邋遢的话,连孩子看着都没用呢。"

"您这是哪儿的话，我才羡慕您呢。我要是年轻十岁，也想尝试一下您这身打扮。"

金子亲切地说着，阿环露出了苦笑。

"您看上去已经习惯了啊。"

"嗯？"

"我是指您这身衣服……"

"这身衣服也没有多贵，只是穿惯了就舍不得换掉了……"

金子和善地笑着。

"您是不喜欢化妆吗……"金子看到阿环一脸为难的表情，继续道，"啊，是您丈夫不喜欢吧？这种男人还真不少呢！"

阿环还没回答，金子就一副什么都知道的表情，点头道："我认识的朋友里面就有一位，她先生是演艺圈的，是搞音乐的。他就不允许自己老婆化妆。他跟他老婆说，'我白天一直都得对着那些涂脂抹粉的，晚上回到家就想看看天然的素颜。'据说他连口红都不让老婆涂。"

"我倒不是这种情况。"

阿环直接否定道，但又不知不觉地开始跟金子聊起了天。

"其实我以前很爱化妆。只是后来觉得腻了,或许是倦了吧。"

阿环难得碰上一个能听自己说话的人,一下子像是打开了话匣子。她苦笑道:"一开始我也成天地敷面膜,这里涂个蓝色啦,那里涂个红色啦,还会穿粉色的毛线衫……可这些真的都是无休无止的。"

"您先生一定很有女人缘吧……"

"他呀!一个接一个地拈花惹草,已经成了一种病。"

金子睁大眼睛认真地倾听,阿环也说得越发起劲。

"可是突然有那么一天,我就厌烦了这一切。"阿环逐渐打开心扉,"望着镜子里自己一脸痛苦的样子,觉得实在是可悲……"

"……"

"我觉得把自己打扮得花枝招展来对抗其他女人,怎么说呢,这样做,自己就跟一个娼妇没什么两样……然后,干脆就彻底不化妆了。可能是自己太想靠穿衣打扮来拴住对方了,觉得因为这个才会败下阵来,所以我总是吃醋、生气。后来我就心想,要是不打扮了,或许也就不吵架了。就这么着,自己突然想通了。"

听了阿环这一番现实的告白，金子不禁屏住了呼吸。

"'看吧，我素颜就是这副德行，我倒要看看你还会不会回来'，就是这种感觉。"

"那，您爱人还是回来的吧？"

"他还是很爱孩子的。"

"您结婚有……"

"十年了……"

金子目不转睛地注视着阿环。这让阿环都感觉有些不自在了，开始用怀疑的眼神打量金子。

"您是哪位？"

冷不丁地被这样问到，金子不禁有些惊慌。

"我吗？"

"请问您尊姓……"

"问我吗？"

"您的名字是？"

"哎呀！"金子极力掩饰自己的紧张，"我叫什么不足一提，就只是路过而已。"

"是吗？您看上去好像是认识石泽才来个展的。哦，石泽就是我丈夫。您真的不认识他吗？"

阿环突然想到，这个女人莫非就是自己丈夫的出轨对象？可是，金子却以一副平静的表情说："不认识，我只是听说过您先生的名字而已……"

金子露出从容的微笑，借以隐藏内心的不安。

阿环便不再追问，苦笑着说："……是吗？也是。我还是不问您的姓名为妙。"

金子用颤抖的手端起咖啡杯。阿环也像是在赌气似的，喝起了咖啡。

此时，两个人的交谈戛然而止，耳边伴着美妙的古典音乐。

她们彼此打量着对方，同时用余光瞄着放在桌边的账单。音乐刚一结束，两个人同时要伸手去拿。

"不行，这个还是得我来付。"

"不不不，那可不行。"

"没关系的，夫人！"

"哎呀！"

两个人这样相互争抢，反倒有了一种莫名的亲近感。或许是同病相怜，两个人内心充满了只有资深家庭主妇才懂的那份哀愁。

金子刚离开石泽的个展会场，"梅干"店的老板庄治就跑来了。他当然不是为了来看展的，而是为了汇报刚才在公寓里碰到修司的事情。

石泽一边热情地招呼前来参观的客人，一边若无其事地听着庄治的讲述。

"这下我可真是闯大祸了。"

"装吊架时抽烟把地毯给烧了？"

"不是啦！"

"那是跟管理员吵起来了？"

"是人家爸爸找上门来啦！"

石泽惊讶地问道："人家爸爸？"

"就是小盐她爸……"

"又来啦？"

石泽咂了咂舌头。这时有客人进入会场，他又立刻满脸赔笑。

"啊！多谢多谢！您上次的那件作品，我前段时间领教过了。真了不起，让人望尘莫及呀！明年肯定就是您的时代啦……哈哈……"

庄治在一旁气鼓鼓地说："都这时候了，亏你还笑得出来！"

随后，石泽又恢复了严肃的表情。

"那她父亲说什么了吗？"

庄治叹了口气。

"他好像是坚决反对。石泽,这可怎么办呀?"

石泽刚要开口回答,又有客人走了进来。石泽亲切地拍着对方的肩膀,放声大笑。

"这个,我还想问你呢……啊!您来啦!太不好意思了,真是我的荣幸。"

庄治无法再忍受石泽的那副嘴脸,于是气呼呼地朝门口走去。石泽赶紧上前阻拦。

"哎呀!好不容易来一趟,装装样子也得看一下作品嘛!"

"不了,你的这些东西我是一窍不通!"

庄治毫不理会地甩开石泽的手,直接离开了会场。

望着庄治离开的背影,石泽深深地叹了口气。

"要斗到底吗……"石泽自言自语地嘟囔着,但他最不喜欢冥思苦想了。"阿宫先生,阿宫先生,马前飘飘是什么?咯噔咯噔……你不知那是征讨敌人的战旗吗?咚咕隆咚锵……"

石泽不自觉地哼起了小曲儿。等他回过神来,突然纳闷自己为什么会哼这种歌。

正在他露出一脸苦笑时,负责前台接待的女孩走了过来。

"您的电话。"

石泽无奈地摇着头,来到电话旁,拿起听筒。电话是盐子打来的。

"……是我。观众反响如何?"

盐子的声音听上去心情不错。石泽迅速环视了一下周围。

"先不提这个。你爸那边……"

"跟他有什么关系!"

"小盐!"

盐子好像已经到高岛家园了。

"今天本想在这儿吃晚饭的,不过东西都还没备齐,那我们还是去'梅干'吧。七点钟,我在那儿等你。"

盐子说完,"咔嚓"一声就挂掉了电话。

其实她的内心也在挣扎。正因为如此,才装出一副心情大好的样子……但对于石泽而言,实在是搞不懂女人这些微妙的小心思。望着听筒,石泽一头雾水地叹了口气。不过,当他看到门口前来参观的客人时,脸上立刻又闪现出光芒。刚才的那些烦心事似乎也一扫而光。带着满面笑容,石泽重新回到了客人们中间。

修司回到了公司，依然怒火中烧。姓梅本的那两口子搞得就像盐子的亲爹亲妈似的，竟然还去了盐子他们的公寓，这件事更是让修司怒不可遏。他一脸不悦，刚一坐到座位上，大川就拿着一份礼单走了过来。

第二物资部有同事近期要结婚。大川正在为这对社内夫妻收集新婚贺礼。

修司那一栏已经写上了五千日元。修司连忙收敛起严肃的表情，从上衣口袋里掏出钱包，递给了大川五千日元。他朝着在远处的座位上各自站起身来的那对年轻男女，道了一声："恭喜啦！"

两个年轻人愉快地对视了一下，向修司深深地鞠了一躬。

"怎么回事？办结婚的都扎堆在冬天？今年这已经是第三对了吧！"

修司这么一说，大川扑哧笑了。

"嗯，因为太冷了……为了抱团取暖吧？"

"暖房结婚？"

"您别这么说嘛……"

这次要结婚的女职员扭动着身体娇滴滴地说道。大家看了这个场面，不禁哄堂大笑。

修司看了看那个女职员，顺势将视线转移到了坐在她旁边的睦子身上。睦子也微微一笑，一直温柔地望着修司。

大川将五千日元钞票塞进礼金袋里，笑着说："您家也快了吧？"

"啊？"

"您的千金呀。"

"还早着呢，那丫头没心没肺着呢……"

修司圆滑地应付着，心里却是一阵抽搐。他面带苦涩地目送大川回到座位上，自己也重新坐下，却无法安心地投入工作。

在古田家，金子正心不在焉地准备晚饭。她停下了正在洗菜的手上动作，反复地思量着阿环之前在咖啡馆里说的话。突然，从背后伸出一只手关掉了一直开着的水龙头。原来是儿子阿高。只见他打开冰箱，从里面拿出一大块芝士，直接就用嘴咬。

"哎哟喂！你切一下再吃！切成小块……"

金子抱怨道。阿高却毫不理睬，自顾自地大口嚼着。金子苦笑说："看你这副样子，倒也让人放心。"

阿高一边狼吞虎咽，一边盯着母亲看。

下班之后，修司把佐久间约到公司附近的一家酒吧。

佐久间一看就是那种毫无魅力的男人，而且还没有一点礼貌。见到修司之后，他连个正式的招呼都不打。修司觉得佐久间很不靠谱，所以一直都看不上他。他打心眼里觉得这个家伙配不上自己唯一的女儿。

可修司现在觉得这些都无所谓了。跟那个有妇之夫相比，最起码他还是个单身汉。思来想去地考虑了一天，修司觉得要把盐子从石泽身边拉回来，最好还是借助佐久间的力量。

两人并排坐在吧台前，修司厚着脸皮抢先问道："你跟盐子交往到哪种程度了？"

"到什么程度……"

佐久间被突然而至的问题弄得瞬间红了脸，磨磨叽叽地没说话。

修司也觉得有些尴尬，于是把脸转了过去。

"我就是想听你具体说说……"

"我们就是每周在咖啡馆见上一面，一起吃顿饭，看个电影……不过基本都是AA制。"

"我不是问你这些啦！"修司焦急地说着，"怎么说呢……我其实是想问，你们交往到哪一步了，深度……"

"啊……"

"牵手了吗？像这样……"

"嗯……"

"更深一步呢？像这样……"

"嗯……"

"这样……"修司拿起自己的杯子，贴住佐久间的杯子，"接吻呢……"

"没有……"

佐久间已经面红耳赤了。修司则着急地说："还没有接吻吗？"

"嗯，那个……每次吃的都是意大利菜啦，饺子啦，还有烤肉之类的，所以……"

"啊？"

"因为大蒜味……"

要跟佐久间商量对策，实在让修司觉得有些尴尬，所以表达得很委婉。修司又重新打量了佐久间一番。

"佐久间，你对我们家盐子到底是喜欢还是讨厌？"

佐久间耸了耸肩。

"我要是不喜欢她，伯父您叫我，我也就不来了。"

"要是喜欢的话，管他吃了意大利菜还是韩国菜，为什么就不能一举拿下呢？又不是只有你一个人吃了大蒜。大蒜跟大蒜碰上，就跟蝮蛇与蝮蛇咬在一起是一个道理，根本就没什么嘛！"

"啊？蝮蛇咬到一起不会死吗？我还以为会死呢。"

佐久间一脸迷惑地说。

"这种时候，别提什么蝮蛇了！"

修司想要缓解一下自己的焦躁情绪，便从口袋里取出香烟。他塞到自己嘴里一支，又递给了佐久间一支。

"猫交配时的场面，你见过没有？"

"嗯，狗我倒是看过……"

"猫可是不得了。母猫一开始一副完全没兴趣的样子，就像这样，像这样假装洗脸。可是，你仔细瞧，它其实是在那里扭捏着身子，搔首弄姿地吸引公猫呢。等公猫真扑过来，母猫又会激烈地反抗。'喵呜！喵呜！'好像在那里喊，'你干什么！你干什么！'身上的毛全都会竖起来，背弓得就跟怪物哥斯拉似的，还伸着爪子，就像这样。"修司一边说着，一边挥舞着手臂，张开大嘴，瞪圆眼睛模仿给佐久间看，"紧接着，母猫就会跑到一些没有退路的地方，就像仓库的角落啦，屋后的窗户角之类的地方。然后，喵呜、喵呜地露出狰狞的面孔，其实那还是在引诱公猫呢！年轻的公猫会误以为母猫讨厌自己了。在这个节骨眼上要是放弃的话，就会被那些一把年纪的老公猫给抢了先。年轻的公猫就是看不明白。母猫在那儿喵呜、喵呜地叫，其实是在说'Yes'。所以说，母猫'喵呜、喵呜'一叫，公猫就应该马上扑过去，'啪'地一举拿下！"

修司在那里入神地模仿着猫的尖叫声，突然间意识到周围的顾客正惊讶地盯着自己，于是红着脸蜷缩起身体。

"佐久间，拜托你啦……"

修司满怀期待地拍了拍佐久间的肩膀。

"会不会已经来不及了？"

佐久间看上去一点也没有信心。

"不会，肯定来得及！"

修司坚定地说着，然后再次在佐久间的背上用力地拍了拍。

此时,在"梅干"店里,庄治和须江两口子正在斗嘴。他们一会儿忙着做下酒菜,一会儿忙着往碟子里摆盘。

柜台一旁,盐子的同事青木美南正一个人吃着茶泡饭。

"这个世上总是有路可走的!"

庄治一边把牛蒡丝分装到小碟子里,一边和须江抬杠。

"当然了!没有路,人走不了,车也别想开了!"

须江不服气地反驳道。

"我在跟你说人的事情,你在这儿提什么'路'呀!"

"不是只有康庄大道才叫路,胡同弄堂、后街小巷也都是人走的路。"

"但后街小巷到头来肯定会走投无路!"

"我知道这个道理,可如果真的非走这条路不可,那也没办法呀!"

"一句'没办法'就解决问题啦?我呀,本来就不同意这件事情,可你就是……"

须江没等庄治把话说完,就抢先说道:"事到如今,你怎么能这样说呢?开始的时候不也问过你意见吗？最后，你不也是高兴得不得了，还说要支持他们。帮他们找公寓的又是谁呀！"

"这还不是因为你……"

庄治想要反驳时，美南看着他们不禁哈哈大笑。

"原来夫妻俩到了你们这把年纪，还是会吵架呀！"

美南一句话让庄治和须江两个人不禁一怔，一时间陷入了沉默。

没一会儿工夫，须江又来了精神。

"这才叫夫妻嘛！不管多大年纪，肯定都会吵架的！是吧，孩子他爸？"

"瞧你这副德行，又在这装可爱了！"

庄治冷冷地跟了一句。

"店里有客人嘛！人家这也是为了照顾生意嘛。"

"这都什么歪理！不管怎么样，事到如今，最好还是分手……"

"又来了！又来了！"

美南刚要调侃庄治，盐子突然从外面跑了进来。

听到这里，盐子追问美南："聊什么呢？"

"正聊你呢。"

"聊我什么啦？"

"说你最好还是分手吧。"

"分手？"盐子哧哧地笑，"又是些老掉牙的陈词滥调吧？"

美南指着庄治说："可不是我说的呀！"

"那就是阿爸喽？"盐子转向庄治，"您这是在说什么呢！之前不是说好了要一直支持我的吗？怎么这么快就叛变了！"

庄治耸了耸肩。

"因为我是个男人，需要从长远考虑。"

"这么说，之前你都不是个男人啦？"

须江在那里打岔。

盐子也气势更盛了。"阿爸呀……"说着，盐子不禁打了个冷战，"糟了！我这一使劲，快尿出来了。"

"啊！快去快去！"

"别憋到快尿出来才去，这样对身体不好！"

庄治和须江不约而同地说道。盐子扒开门帘向厕所跑去。须江会心一笑。

"她这个样子，眼看着分明就是个孩子。"

"做父母的很容易被这些假象蒙蔽，可是一旦放松下来，一不留神就会给你来一个晴天霹雳。"

美南一副顿悟的表情。

"真是不孝呀。"

庄治摇摇头说。须江紧跟着说了一句：

"那就帮帮她……"

庄治没有理会须江，而是把目光转向了美南。

"美南，你去劝劝小盐吧！"

"什么？"

"盐子她爸很难办，估计现在已经气炸了……"

庄治说完，背向了柜台，又开始分装起下酒菜。须江也弯下腰，开始搅拌罐子里的酱菜。

美南探出身子问道："我听说找上门来啦……"

"我俩被劈头盖脸地痛骂了一顿……"

三个人正聚精会神地聊着天，完全没有听到拉门打开的声音。不知从什么时候开始，修司就已经站在门口了，表情恐怖地旁听着这三个人的对话。

"给我们那儿打去电话的也是她那位老爸！他还问我是男的是女的。"

"你就跟他说你是男的好了！"

"哈哈哈！"

庄治笑着转过头去，突然脸色大变。看到丈夫一副大事不妙的神情，须江也把目光投向了门口，结果沾满米糠酱的双手顿时悬在半空，当场就愣住了。可是，只有背对门口坐着的美南还没有察觉到气氛的突变。

"你别说，芝麻盐她老爸还真像是一个大公司的……"说到这，美南发现庄治和须江正在给自己使眼色，便问他们，"怎么了？怎么了？"

庄治挑了挑下巴。美南回头一看，一脸惊呆。

修司看都没看庄治和须江，直接慢慢地走到美南身边坐下。

"真巧啊，能在这里碰到你。白天在电话里失礼了。"说完，修司严肃地做了一个简短的自我介绍。

"我就是盐子的父亲。"

听到这句话，连美南也僵在了那里。

"你就是美南小姐吧？"

"……"

"看起来倒像个女的……"修司毫不客气地打量着美南，"不过，拿自己性别来开玩笑可不是什么好毛病。"

美南愤愤地把脸一扭，说道："一般人从声音就能听出来……"

修司厉声反驳："但也有人更会依照谈吐来做出判

断。"接着，他又问道："你好像把我女儿叫作'芝麻盐'，为什么……"

"在编辑部呢，最好还是学着圆滑点，多拍拍马屁，这样工作才会更顺利……"

"我们家的传统就是从不阿谀奉承！"修司当场反驳道，然后又挺着胸脯补充说，"从我给孩子起的盐子这个名字就能看出来……"[1]

这时，盐子从厕所里出来，发现父亲修司也在，于是连忙躲到了门帘后面。

修司并没有发现女儿正静静地站在一旁偷听。他得意扬扬地继续说着。

"我家老爷子就是正经拿月薪的上班族，我呢，应该也会吃一辈子的工资。过去曾听人说过，很久以前，'工资、薪水'就是男人们通过自己的劳动赚取的食盐。那时候我就立下誓言，'规规矩矩地干一辈子，只为换取自己和家人所需的食盐'。所以，我也希望自己的女儿像食盐一样淳朴简单，将来走一条安分守己的路……

---

[1] 日语中，"拍马屁"的一种说法的发音和"芝麻"一样。"盐"在日语中也可表示正经、严肃的意思。

这是我作为一个父亲的期望……"

美南、庄治和须江尴尬地听着修司的慷慨陈词。盐子则进退两难，一直蜷缩着身体躲在门帘后面。

不料，就在这时，石泽突然从外面跑了进来。他完全没有注意到修司坐在吧台前。

"小盐还没来吗？怎么回事？真是的，害得我气喘吁吁地跑过来……呦，南哥也在，真是拿她没办法。"

石泽语气轻佻地说了一通。

美南想要打断他，却被石泽无视了。他继续说道："我这不叫'等人不来'，而是'等恋人不来'！"石泽刚要放声大笑，突然发现了修司也在旁边。惊吓之余，不禁"啊"地大叫一声。

"你这叫说话不算话呀！"修司瞪着目瞪口呆的石泽，"你这家伙，昨天晚上说的什么？你不是诚恳地跟我说'对不起'，还向我保证要就此了断吗？"

"……"

"插画师都是骗子吗？欺骗别人的女儿，欺骗别人的父母！连上年纪的人都不放过……"

"我没有骗人呀！"

"这难道不是欺骗吗？"

"我没有骗人，我只是爱上了她而已。"

修司皱起眉头。

"少说漂亮话了。'爱'也得有个'爱法'吧？要是真的爱对方，就应该为对方的幸福着想。你还算不算个男人！自己明明有老婆孩子了……"

"您说得有理！可正因为我是个男人，所以才办不到不是吗？"

石泽脱口而出。修司听了之后，硬生生地咽下了已经到嘴边的话，脑子里突然浮现出睦子的面孔。

"如果真是那样，这个世界上的那些文学、歌剧之类的艺术也就不会诞生了。明明知道是错，知道那样做不对，大家却还是……"

"是个人，就应该忍受这些！"

修司毅然打断石泽的话头，然而石泽脸上却露出一副轻浮的笑容。

"怎么说呢，这个嘛……"

"有什么可笑的！"

修司勃然大怒，一把抓住石泽的前襟。

"无耻！你这种男人，简直无耻！"

"是您女儿爱上了我。怎么能说我无耻呢？"石泽挣扎着反抗。当着大家的面，他还想逞强，故作淡定地在那里振振有词。

"作为一个男人，我可能要比伯父您有魅力！"

"你没有资格叫我伯父……"

"我说的不是您想的那意思。"

石泽嘴角露出一丝笑意。他这个人无论做什么事，都不善于深思熟虑。这一点越发惹怒修司。修司大为恼火，不由得抡起拳头打向石泽的侧脸。

盐子见状，在门帘后面不禁发出一声尖叫，然后像一枚子弹似的蹿出来，跑向石泽。之前一直战战兢兢地守在一旁的庄治和须江也连忙从吧台里跑出来，站到修司和石泽中间。

"阿爸、阿妈！你们别过来，危险！"

盐子一边护着石泽，一边大声喊道。

"阿爸？阿妈？"修司脸色骤变，"盐子，你竟然这么称呼这些人吗……"

盐子心想完了，可已经来不及了。没办法，她只好硬着头皮解释。

"是呀，他们都能真心听我诉说烦恼！"

"所以就帮你们找公寓吗？"

修司瞪着庄治。

"您还是回去吧!"盐子大声喊道,"走吧!"

修司依然攥着拳头,然后将视线重新转向盐子。

就在这时,一行四五个客人一拥而入来到店里。修司愤怒地扫了那几个人一眼,拨开他们,从中间走出去了。

当天晚上,盐子没有回家。

修司和金子等女儿回来一直等到了天蒙蒙亮,始终没有合眼。两个人呆坐在客厅里,情绪都很激动。金子终于熬不住了,就打起了瞌睡。修司瞅了她一眼说:"困的话,就去睡吧。"

金子也一脸不耐烦地说道:"我才不困呢!"

"不困的人怎么还打瞌睡?"

"我没打瞌睡呀!"

修司故意模仿金子,夸张地晃动着身体。

"那你刚才这样叫什么?"

"你太讨厌了。"

"什么?"

"就因为你那种做法,她本来能回来的,这下子不回来了！"

修司红着脸，紧握着拳头。不过他现在已经没有力气再发火了。

"你不应该打人的！"

"我也没打算去打人啊。可事情就自然而然地到了那一步。"

"你每次遇到什么事，总是一个人跑出去！"

"难道你也想去？"

"我要是跟着一起，肯定就能和和气气地坐下来谈一谈了。"

"我本来也是那么打算的啊。可问题是对方那个态度简直……"

"上次庙会的时候也是一样……"金子打断了丈夫的话，"居民会的人来收捐款，你嫌人家态度不好，还跑去居民会投诉。闹了一通回来，以前捐款只要一千日元就够了，结果今年必须得交三千日元了。"

"这时候，你提什么庙会捐款的事呀！你这个人，最大的毛病就是每次净扯些毫无联系的事！根本就哪儿都不挨哪儿！"

"……还不是因为孩子他爸，你每次一出马就会把事情搞大，最后还给办砸了！当然有关系了。"

　　修司愤愤地把手伸向衣兜，掏了半天翻出一只烟盒，里面却是空的。他愤懑地将烟盒揉成一团。金子斜眼看着丈夫，伺机说道："你呀，就是不能理解别人的感受。"

　　"别人的感受？"

　　"对，就是别人的感受！家人的感受！女人的感受！"

　　"我怎么就不理解了？"

　　"你这么一问就说明不理解。"

　　"这么说来，你就懂啦？！"

　　修司反唇相讥。金子一时语塞，无言以对。

　　"你要是懂的话，事情还会变成现在这个样子？眼下女儿正跟一个有老婆孩子的男人交往，甚至还租了房子、置办了双人床。这些你都一无所知！你这叫理解别人的感受？！"

　　"这些都是我一个人的责任吗？"

　　"这种事不就应该是当妈的来管吗？"

　　"难道不应该各负一半责任吗？"

　　"那下次你去！"

　　"去哪儿？"

"去那个公寓，把盐子拽回来！"

金子无奈地望着丈夫。修司毫无顾忌地继续说："我呀，一想到盐子跟那个男人在双人床上……"他情绪激动地说到这里，突然羞臊得说不下去，停顿了一下，"反正我一想到他俩在一起就坐立不安！"

金子猛地把脸转了过去。

"你去！把盐子带回来！"

"我不去！"

"你可是她妈！"

"正因为是她妈，我才不去呢！"

"……"

"我可不想看到那种画面。"

"我不是叫你去看他们，是让你去把女儿带回来。"

金子倔强地不肯动身。

钟声响起，时钟指向了清晨四点。修司坚定地站起身。

"你不去，我自己去！"

说完，他甩下一脸发愣的妻子，匆匆地走出家门。

修司奔走在昏暗的马路上，赶往高岛家园。到了公寓，他毫不顾忌会打扰到周围邻居，直接就"咚咚咚"地敲起了门。从屋里传来盐子的声音："谁呀？"

"是我！马上开门！"

房间里，盐子睡眼惺忪地支起上半身，一脸茫然地坐在床上。旁边还有一个人，不过不是石泽，而是美南。

石泽早已经回到了家中。从"梅干"出来之后，他就直接回家了。他跟妻子谎称浮肿的脸颊是因为跟人吵架被打的，让妻子帮忙用毛巾冷敷了一下。妻子追问他："打人的该不会是女人吧？"为了回避妻子的盘问，石泽逃跑似的躲进了卧室。他现在正安详地熟睡着，仿佛一切都没有发生过一样。

不过，修司并不知情。他断定石泽就在里面，于是疯狂地拍打着房门。

"盐子！开门！"因为房间里没有任何回应，于是修司又提高了些嗓门，"盐子！盐子！好，盐子，你不开是吧？石泽！石泽！开门！石泽！"

美南被嘈杂的叫喊声吵醒。

"你就跟他说石泽没在不就好了！"

美南迷迷糊糊地说道。

"石泽！石泽！"

"喂！你为什么不说话？"

盐子像一块石头一样沉默。

"石泽！"

"他不……"

美南刚要替盐子回答，盐子却像个职业摔跤手似的，按住美南的身体，用手捂住了她的嘴。

"石泽，你为什么不开门？叫你呢！"

修司执拗地拍打着房门。

"石泽！"

"您回去吧！"

盐子高声喊道。

"我没跟你说话！我要跟石泽说话！总之，立刻把门打开！"

事到如今，修司已经顾不上羞耻和颜面了，他拼命地大喊。

"如果因为我打了你，你还在生气的话，我跟你道歉！我们谈谈，开门！"

还是没有任何回应。修司更加用力地拍打着。

"开门呀！石泽！你这样太卑鄙了！你为什么不开

门！为什么不作声！你要是个男人，就马上把门打开！这样到底想干什么？！你以后打算怎么办？你有义务解释清楚吧？你这个懦夫！我最讨厌你这种男人了！开门！快开门！"

修司声嘶力竭，他已经上气不接下气了。这时候，又听到里面传来盐子的声音。

"亲爱的，别开门。"

那语气如此冷静，就像是久为人妻了一般。

"亲爱的……"

修司大吃一惊，像是一下子泄了气似的，肩膀无力地垂下来。

"原来如此。既然这样，那就算了，算了吧。"

修司的声音显得苍白无力，跟刚才判若两人。

美南从床上跳起来，冲向门口。盐子却拼命地用整个身体挡住她，无论如何也不肯让她打开房门。此时，盐子的眼睛里已经噙满了泪水。

修司在门外又恍惚地站了许久，不肯离开。直到隔壁邻居打开房门探出头来张望，他才转身离开。

"从此以后，我们不再是父女，你随便吧。这样你总该满意了吧。"

修司蹒跚着离开公寓。"亲爱的，别开门。"——女儿的声音萦绕在他的耳边。他像是要赶走那些幻觉似的加快了脚步。

回到家附近，他才突然间停下脚步，脑子里浮现出一个想法。

——说不定那个男人就没在房间里……

石泽根本就没在里面。可如果被父亲发现的话，盐子会觉得很没面子。所以她才故意假装自己跟那个男人在一起。没错，肯定就是这样……

想到这里，修司心中又有一股怒气油然而生。不是针对女儿，也不是针对石泽，而是生自己的气。

正如石泽所说，剥去外表这层皮囊，其实自己跟石泽就是一丘之貉。那天如果跟睦子之间的关系发展到更进一步的话，自己岂不是就干出了跟石泽一样的事情？这样的自己又有什么资格痛骂别人呢？

——我只是当时没有勇气去做罢了……

修司气的是自己不敢干的事情，石泽却轻而易举地做到了。他气自己的无能、气自己的窝囊。

三

在古田家，全家人正在一起吃早饭。

金子和盐子吃的是吐司配红茶，修司和阿高则是米饭配煎蛋和酱菜。乍一看，这一幕和往日的清晨没什么两样。但眼前的平静只是表象。自从三天前，盐子的不伦之恋暴露之后，无忧无虑的欢笑声就从清晨的餐桌上消失了。

女儿和一个有老婆孩子的男人纠缠不清，还跟那个男人在外面租了公寓，连床都置办好了。这件事情给修司和金子带来了天大的打击。

——双、双、双人床简直……

修司无法抑制自己的怒火。但现在夫妻俩已经不想再去纠结在这种情况下，做父母的该采取什么样的态度了。

"今天天气怎么样？"

金子再也无法忍受眼前的阴郁和沉闷，便用明快的语气跟丈夫搭话。

"天气？好像……"修司无奈地回应，"不是阴天吗？"

"阴天……是吗？"

"天气预报说是阴天吧。"

"是阴天啊？"

两个人的对话戛然而止。一家人再次陷入沉默。

金子一边默默地嚼着面包，一边苦思冥想，试图寻找下一个话题。

"哦，对了，鞋子的事。"

"鞋子？"修司诧异地问道，"鞋子怎么了？"

"黑色的可以吧？"

"肯定要黑的呀，如果西装是蓝色的话。况且我也没有红色的鞋子吧。"

"那倒是。那鞋子就黑色的……"

金子嘴里嘟囔着。沉默又一次笼罩了餐桌。

就在这时，阿高"咯吱咯吱"嚼酱菜的声音显得异常响亮，连他自己都被吓到了。为了尽可能不发出声响，阿高只好把酱菜含在嘴里抿着吃。

修司一下子就怒了。

"干什么呢？你这家伙！"

修司厌恶地瞪着面红耳赤、低头不语的阿高。

"你又不是老头子！年纪轻轻的小伙子，哪有拿牙床嗑的！吃酱菜的时候，就得发出声音来。咯吱咯吱，咯吱咯吱，有什么不好意思的！"

阿高愤愤地大声嚼起来。

"对，就是这样！"

修司露出一副满意的表情。随后，他自己也夹了一块酱菜抛进嘴里。

这时，盐子站起身来，说了一句"我吃饱了"，声音小得几乎听不到。她拿起自己用过的餐具走进厨房。

就在她离开之后，剩下的三个人不约而同地松了口气。

"我吃完了。"

阿高也起身离开座位。他说话的声音比盐子还小。

盐子还在厨房里，像是在喝水，因为能听到水龙头的声音。

孩子们都离开之后，修司低声问妻子："回来的时间是……"

"啊？"金子不解地反问道。

"回来的时间,我是说盐子。"

"别让孩子听见……"金子给修司使眼色,"……孩子他爸!"

金子向修司投来责备的眼神,她想说"你自己去问好了"。

"这种事……"

——你去问!

修司用眼神反驳回去。金子皱了皱眉头,表示反抗。

"问回来的时间有什么用?"

"欸?"

盐子有意避开客厅,从厨房的门直接来到走廊。她打算穿过走廊回自己的房间。金子把声音压得更低了。

"她要是想去,白天完全可以……"

"啊?"

"他们不是都租公寓了吗……"

修司眉头蹙起。

"盐子也是,那个,叫什么来着?石泽的那个男的也是。"

"一大清早别跟我提那家伙的名字!"

"……他们两个时间上都很自由啊。"

金子说的的确有理。修司也不可能一天到晚监视女儿。就算是父母，也没办法拦着女儿跑去幽会。修司自己也明白。可正因为心里很清楚，才更恼火。

修司不快地说："所以我才讨厌什么插画师、编辑之类的。"

"……不过，最近晚上她回来得都挺早的。"金子打量着丈夫的表情说道，"我觉得，她肯回来，我们就该知足了。"

修司就像是不想听她说话似的，把脸转向一旁。

"我还以为从那之后她就不会回家了……"

"……"

"这种事情，勉强……"金子给修司使眼色，示意他勉强是行不通的，"你总不能在她脖子上拴根绳子，绑住她吧？"

"这个道理用不着你教……"

修司正要反驳的时候，走廊上传来了脚步声。

金子"嘘"一声拦住丈夫的话头。

是盐子。她正准备去公司。"我走啦！"门口传来盐子清脆的声音。

"好的，慢走！"

金子条件反射似的用同样爽朗的语气大声回应。听到玄关的门打开又关上,盐子的脚步声渐渐远去。

修司愁眉苦脸地听着母女俩的对话。

——女人呀……真会演戏。

想到这里,修司就越发气愤,于是猛地站起身来。

这一整天,修司都无心工作,他不时地偷偷张望正在打字的睦子。

——如果没有发生女儿这些乱七八糟的事情,那天晚上就……

如果没有发现盐子和石泽搞婚外恋的事情,修司应该已经体验到了这辈子绝无仅有的一次爱情冒险。偷情……爱情大冒险……修司的脑海里突然浮现出一个画面:在高岛家园的那个房间里,石泽正在画插画,盐子在他身边忙着沏咖啡,两个人身后就是那张双人床……盐子放下咖啡之后,石泽把她扑倒在床上……

"混蛋!"

修司不由得破口大骂。

"那个混蛋……"修司又喊了一声。这时,他才发现大川正一脸诧异地站在自己面前。修司连忙挤出笑容来掩饰。

"哈哈……这是我已故的老父亲以前常挂在嘴边的口头禅。人哪,上了年纪就越来越像自己的父母啦。真是没办法。"

大川尴尬地满脸赔笑。他把文件放到修司的办公桌上,连忙回到自己的座位。修司叹了口气,心不在焉地假装翻看起文件来。

——这样看来,那个男人倒是比我强……

修司一边在一份文件的角落处画着佐久间的肖像,一边这样想着。他本来就不擅长画画。不过正因为不擅长,反而把佐久间不靠谱的样子拿捏得准确又到位。

——这个家伙就是一个二流公司的次品男人。不过……他应该从来没有想过未经对方父母允许,就跟女孩在公寓里过半同居的生活。这种胆大包天的事情,他肯定没有那个胆子。

——得赶紧跟佐久间见上一面……

修司决定抓住佐久间这根救命稻草。

此时,在《娱乐世界》编辑部,盐子和美南正在跟摄影师三个人一起商量采访的事情。

"巴黎春天。"

盐子在本子上记录下店名。

"据说那儿的内部装修很别致,就围绕这方面去采访吧。"

"好嘞,地点呢?"

美南探着身子在盐子的记事本上画了张地图。

"之后我再去趟青山,那边的工作也得安排一下了。"

盐子说完,美南提醒她:"那样的话,就没时间了吧!"

"什么时间?"

美南给她使了个眼色。

盐子看上去有些不悦:"别瞎说啊!"

"有人等着你吧?"

美南说的那个人当然就是石泽。盐子佯装不知,继续在本子上确认路线。

"你不去吗?"

"……"

"为什么呢?"

盐子看了看摄影师,显得有些顾虑。这时,有人敲响了门。

摄影师起身跑去开门，很快就回来了。他戳了戳盐子的肩膀说："芝麻盐，有人找。"

盐子向门外走去，心里想不出究竟会是谁。走廊上，佐久间正木讷地站在那里。

两个人尴尬地相互打了声招呼。盐子跟美南说了一下情况之后，就和佐久间一起来到附近的一家咖啡馆。

时间还没有到客流高峰，周围空荡荡的。店里播放着节奏轻快的音乐，在音乐的衬托下，两个人的表情都有些阴郁。他们选择了一个角落里的包厢坐下。

盐子喝了一口咖啡，突然低声说："我有喜欢的人了。"

虽然佐久间已经察觉到盐子最近的态度有些异样，但像这样郑重其事地被告知，还是让他不禁大吃一惊。盐子面无表情地望着佐久间。

"那个人三十八岁，是一个插画师，而且他有老婆孩子了。"

佐久间一时间不知该说什么。盐子把脸转向一边。

"我很清楚结不了婚，但我就是喜欢他。"

盐子从包里掏出一把钥匙，"哐啷"一声放到了桌上。

"这是我们一起租的公寓的钥匙。"

佐久间一脸茫然地望着那把钥匙。它仿佛象征着这对男女对爱情的执着,散发着刺眼的光芒。

盐子把钥匙放回包里便离开了咖啡馆,留下佐久间一个人。

但是,那一天,盐子并没有去石泽一直在等候着的公寓。采访结束,她跟摄影师分别之后,来到了代代木公园,整个人躺在草坪上呆呆地仰望着天空,随身听的耳机虽然在耳朵里塞着,但音乐根本没有进到她的耳朵里。空中的云朵、树上的枝丫,也没有一样映入她的眼帘。

盐子那呆滞的目光在空中游移,最后,她深深地叹了口气。

——还是分手吧……

盐子终于下定了决心。

石泽在高岛家园的那间屋子里空等了许久。他焦躁地面对着书桌,工作上也毫无进展。

就在这时,突然传来一阵敲门声。

——盐子!

石泽扔下手中的铅笔，奔向了玄关。打开门后，他一下子就紧紧地抱住了站在门口的一个男人。那是一个顶着棒球帽，身材微胖、平平无奇的年轻人。那个年轻人也吓了一跳，瞪大了眼睛，挣扎着摆脱石泽的手臂。

石泽盯着年轻人那张满是青春痘的脸。

"干什么的，你是？"

"我是干洗店的。"

"我不需要干洗，这儿是个工作室。"

前来推销的年轻人面带恐惧地看着石泽。

"我是把你误会成一个女孩了，我可没有那方面的兴趣哦！"

年轻人听都没听完石泽的解释，一溜烟就跑掉了。

"就算你要，我还不干呢！"

石泽愤愤地说着，随手用力甩上了门。他重新回到了书桌前，想要再次开始工作，可是完全没有心情干了。他一边望着墙壁上贴着的一张裸体照片，一边拨通了电话。

电话很快就接通了。听筒里传来的是美南那像极了男子的嗓音。

石泽向她询问盐子的去向，正忙着给新闻报道排版的美南直接说道："芝麻盐出去了！去采访了！"

美南把电话听筒夹在脖子和肩膀之间。

"你知道她去哪儿了吗？"

"她有好几个地方要跑……"

"盐子没说要来这儿吗？"

"嗯，工作好像安排得很满，得到晚上了。"

石泽放下电话，仰面朝天地躺在那张双人床上。越是见不到就越想见。他忽然从床上起来，伸手拿了自己的外套。

石泽向"梅干"店里探头张望，盐子没有来这里。庄治和须江正忙着做营业前的准备。

他进到店里，在围炉旁边坐下，沮丧地叹了口气。

"这么说，她也没来这里？"

"嗯……"

庄治一边剥着芋头皮，一边答道。须江停下正切着腌萝卜的手上动作，说道："从那天之后，她就没来过。就是石泽你被小盐父亲'砰'地打了一拳的那次。"

庄治轻轻地戳了戳须江的侧腰："闭嘴吧，笨蛋！"

"从那之后,一次也没来过吗?"

"一次也没有。"

"我们还以为她去了你那里呢。"

"那里"自然指的是高岛家园。

"没有……"

"那小盐去公司上班了吗?"

"嗯,好像是安排了很多工作,很忙。"

石泽从上衣口袋里掏出香烟,取出一支叼在嘴里。他本想要点燃香烟,可是在口袋里摸了半天也没找到打火机。于是庄治把火柴扔给了他。

石泽抽着烟,一股凝重的沉默在空气中飘荡。

须江端起大锅,想把蒸好的米饭盛到保温桶里。她隔着往上冒着的腾腾热气说道:"小盐或许是想冷静冷静。"

石泽不解地望向须江。须江点了点头,觉得自己说得很有道理。

"小盐是想像这样'呼呼'地吹一吹,让自己的感情冷静冷静。"

庄治也点点头。

"她老爸都那样阻拦了。"

石泽什么都没说，只是皱着眉头，陷入了沉思。

"石泽，这样可能对你也好。"

"……"

"你想想老婆孩子，还是就此……"

没等庄治把话说完，石泽就说道："就比如飞机……"

"飞机？那东西我可不敢坐。脚不沾地的，让人心里不踏实。"

"我不是说让你坐飞机。我在说这件事情就跟飞机起飞一样。先像这样，这样，滑行着，然后一点一点，这样飞起来似的。"

庄治不由得探着身子说道："喷气式飞机可是这样的呀！"他用手掌摆出突然改变角度的手势。

"螺旋桨的话是这样。以前你看见过红蜻蜓吧？'啪'的一下子就飞起来了。"庄治继续模仿给石泽看。

"我不是在说这些。"石泽无奈地苦笑，"喷气式也好，螺旋桨也罢，对于飞机来说都有一个'不可折返点'。"

"不可折返点？"

庄治和须江不约而同地反问道。石泽把手放到一个比较低的位置，解释说："如果是这个高度……还是可以着陆的。但是一旦上升到这个高度……"石泽保持原来的手势把手抬高,继续道,"就不行了,不能回去了。"

"如果非要命令它返回呢?结果会怎样?"

"结果只有坠毁了。没办法。"

"掉下来?"

"事情到了这一步,就只能起飞了!"

沉默再次在空气中弥漫开来。

庄治和须江同时叹了口气,又重新干起各自手里的活。

"就像水流被堵住之后,就会咕噜一下全部溢出来。"庄治往小碟子里分装下酒菜,叹着气说道。

"她老爸,问题是她老爸那一关。"

听石泽这么一说,须江停下了手头的事。

"你呀,还是算了吧!再跟他碰上,又得吃拳头了。"

须江攥着拳头,假装打人的样子。

"怎么可能再见!"石泽耸了耸肩,"就那张脸,我连看都不想再看到了。"

石泽前脚才犀利地说他连看都不想再看到修司那

张脸，可后脚出了"梅干"，他就直接奔向了修司的公司。他并非是想要找修司谈判，只是不知不觉地就朝那里走去了。

来到公司附近，石泽用公用电话给修司拨了一通电话。

"那个，第二物资部部长古田先生……没在吗？地下……一家叫'清泉'的咖啡馆……"

打听到修司的去向之后，石泽赶去了他所在的那家咖啡馆。

在"清泉"咖啡馆里，修司和睦子正一边喝着咖啡，一边热烈地聊着。睦子身穿公司的工作服，乍一看就是一个随处可见的普通女孩。但是，她看修司的眼神却是如此殷切，洋溢着一种诱人的魅力。修司装出一副一本正经的样子，但他深切地明白，再这样下去，自己就会被睦子所俘虏。

"我还是反对。虽然说酒水生意也分不同的类型，你在姐姐开的店里应该也不会有问题，可是宫本，酒吧毕竟是酒吧。"

睦子前几日曾经就是否要辞职去姐姐经营的酒吧

帮忙一事，找到修司商量。

修司觉得自己说得有理，不住地点头。

"将来，你总是会碰到想结婚的对象的。"

睦子望着修司的双眸。

"肯定会遇到的。"

"我可从来没想过要结婚。"

"这只不过是你二十七岁时的想法。"

"六。"

"二十六岁啊……"

修司突然想起女儿的面孔。盐子二十三岁，和睦子只差了三岁。

修司正感到茫然的时候，睦子焦急地探了探身子，凑近他说：

"虽然一方面是为了家里……但其实我也并没有那么厌恶那种工作。"

睦子身上散发出的那种甜美气息，让修司感到沉醉。

"非要辞职吗？"

睦子满怀深情地说："关于这件事，本来还想找您再商量商量的……"

"真是抱歉。"

"那天晚上我去了咱们约定好的餐厅，自己一个人在那儿吃的晚饭。"

"是我不好，下次一定补上。"

"到时候您不会又放我鸽子吧？"

睦子故意假装生气的样子。

修司连忙说："下次肯定不会了。不然，就今天晚上吧……不瞒你说，之前我跟你说家里人病了，其实是家里发生了一些事情。"

修司往前移动了一下身体，两个人的膝盖在桌子下面碰在了一起。

"我女儿被一个无赖给缠上了。"

修司顺嘴说了这么一句之后，立刻感到有些不妥。慌忙之下，他拿起了睦子的水杯，"咕咚咕咚"地把水全都喝光了。睦子瞪大了眼睛，却什么也没有说。

修司没有发现石泽正透过窗户目睹着这一切，他看了看手表，拿着账单站起身来。最后，他深情地拍了拍睦子的肩膀，先行一步走出了咖啡馆。

石泽目送修司的背影离开后，走进了咖啡馆。他毫不客气地走到睦子所在的位置跟前。

"可以坐一下吗？"

石泽指着修司刚刚坐过的地方问道。

"您请，我马上就要走了……"

石泽突然用手按住准备起身的睦子，不禁感叹："原来如此，有些男人的眼光还真是挺高的。"

"啊？"睦子一脸诧异。

"刚才那位，是你男朋友吧？"

石泽的这句话让睦子露出警惕的神色。

"不是。那是我们部长。"

"哦？啊，是吗？部长先生啊……"

"是的。我们部长为人正直可是出了名的。"

"那他就是被你迷住了？"

"请您不要乱说。"

睦子一副生气的样子，但脸上还是浮现出些许喜悦之色，显然就是女人陷入爱河的表情。石泽不禁窃喜。

"看你这么生气，就说明你自己已经有所察觉了。"

睦子皱了皱眉。

"你是在这栋大楼里工作的吗？"

"我跟这里完全没有关系，一年也未必会来上一次。"

睦子这才放松警惕。

石泽决定再下一筹。

"他已经被你迷住了,从那双眼睛里看得出来……"

"可是我既没有什么优点,又没有姿色……"

"就是这一点好呀。虽然没什么特别之处,但是,像你这种女人才……"石泽高高地挑了挑下巴,向睦子抛了个媚眼,"这种情况很多吧。越是像你这种没有发现自己优点的女人,越是让男人想追。"

被人夸,心情怎会不好呢?睦子上钩了。

"部长就是这么想的吗?"

"他约过你,对吧?"

"怎么说呢……"

睦子意味深长地向石泽使了个眼色。

"那你就跟他交往试试呗,哪怕一次也好……"

石泽的语气里充满了迫切的希望。因为只要修司和睦子的关系能更进一步,修司就会犯下跟自己一样的错误。到时候,他也就没有资格再对盐子跟自己的事情指手画脚了。可是……

"事不关己,你才说得那么轻巧。"

睦子叹了口气。

"哈哈哈哈!"石泽发出爽朗的笑声。看来修司要比自己想象得还要谨慎。石泽的笑声虽然豪爽，脸上却露出一副遭遇劲敌的为难表情。

此时的修司已经被睦子迷得神魂颠倒了。他虽然回到了公司，但脑子里仍旧充满了自己和睦子偷情的妄想。"呼——"修司叹了口气，把身体靠到椅背上。

在幻想的画面里，睦子背对着自己脱去衣衫，修司则坐在双人床边，伸手要去解开自己的上衣纽扣……

"部长，部长！"

听到大川的声音，修司才一下子回过神来。

"您的电话！"

修司连忙摆出一副严肃的样子："谁打来的？"

"第二建设公司的佐久间先生。"

修司拿起听筒。

"哦，佐久间呀。"

"我有事想跟您探讨探讨。今天晚上，能否到府上拜访一下呢？"

听筒里传来佐久间那含糊不清的声音。

修司二话没说，当即就答应了佐久间的请求，随后用力地挂掉了电话，眼神里却充满了无限的茫然。

"来,请随意。"

"你想说什么事……"

当天晚上,在古田家的客厅里,金子和修司神情紧张地与佐久间相对而坐。

佐久间比他们还要紧张,他那纠结苦恼的视线落在膝盖上。金子劝他吃些寿司,修司还给他倒了啤酒,可是佐久间丝毫没有想要喝的意思,只是在那里表情僵硬地保持着沉默。

"怎么回事?不喝啤酒吗?"

修司催促着。佐久间慢慢地站起身来。

"……我还是告辞吧。"

"佐久间!"

"佐久间先生!"

夫妻俩连忙追上前去拽住他。

"你这是在跟我们客气吗?这就要回去?"

"我真的告辞了。"

"这叫什么事?!说有事要谈的可是你!"修司忍不住大声喊道,"我这原本也是有很多安排的……我把其他应酬都推了才赶回来的。"

"不是,是我,我这……"佐久间磨磨蹭蹭地解释着,"总之,还是不说了。说出来就太卑鄙了。"

"啊?"

"卑鄙?"

"我还是什么都不说了,就此告辞吧。但就算我走了……"

佐久间突然间不知该如何是好,拿起杯子一口气就把里面的啤酒全都干了。借着那股酒劲,佐久间说道:"我就说一句话。你们做父母的,到底在干什么呢?!"

看到佐久间气势汹汹,修司和金子夫妻俩惊讶地相互对视了一番。

"我无所谓,我是无所谓。可是,对于你们来说,她可是唯一的女儿呀!你们也太漠不关心了,太大意了!"

修司和金子不知道佐久间为什么会这样指责他们。

"对不起了!"

佐久间突然站起身,朝门口走去。修司挡住了他,要挽留他,然后把他拉回到客厅里,让他再次坐下。

"你听说了什么事情吗?"

佐久间瞪大眼睛。

"你已经知道了吗?"

"不是，这个事……"

佐久间将视线转向修司。只见修司愁眉苦脸地闭上了双眼。佐久间又看了看金子。金子也突然低下头。

"您二位都知道了？"佐久间打量着夫妻俩的表情，"你们知道盐子的事情，对吧？"

佐久间的语气里充满了责备的意味。

"我们也不是完全不清楚。"

"最近一段时间，我们也觉得她有点奇怪……"

面对两个人语无伦次的回答，佐久间非常气愤。

"不只是有点奇怪这么简单吧！"

修司抬起头。

"你知道多少？"

"你们知道多少呢？"

修司和佐久间几乎同时发问。

"不是，多少，这怎么说？"

"知道多少？嗯……"

两人一起歪着头陷入沉思。

"佐久间先生，你是从谁那儿听说的呢……"

金子提出疑问。佐久间立刻回答说："盐子本人呐！"

"盐子，她为什么……"

"我可以说几句吗？"

夫妻俩点点头。

"我其实最讨厌打小报告了。"

修司探出身子说："没关系，你就说吧。"

"盐子说她有喜欢的人了。"

佐久间看了看修司夫妻俩的脸色，低声说道。见两个人的表情没有任何变化，佐久间继续道："对方是个插画师，今年三十八岁了。"

夫妻俩依旧保持着沉默。

"那个男的还有老婆孩子……"

夫妻俩目不转睛地盯着佐久间。在现场气氛的压迫下，佐久间不禁继续说下去了。

"她还说自己知道没办法结婚，可就是喜欢他……"

夫妻俩还是纹丝不动。——算了，不管了……佐久间打算什么都不顾了，直接和盘托出。

"据说两个人还一起租了公寓，连钥匙都……"

佐久间说完，修司叹着气低声说："的确，正如你说的这样。"

金子也点点头。

"怎么说呢，太丢人了，所以才没跟你开口。"

佐久间一下子恼火了。

"你们这样太过分了！"

修司和金子双手伏在榻榻米上，低头向佐久间道歉。

"真不知该说些什么好……"

"没错。佐久间，凡事都有个界限。盐子跟你就算只是形式上的交往，但在这期间又跟别的男人好上了，也实在是……"

"盐子肯定也在纠结。自己不能选择那边，只能忍着，和你一起……"

说到这里，金子突然意识到自己说的好像有些不对。

"笨蛋！"修司戳了戳金子的腰，"总之，她在没跟你说清楚分手、划清界限之前搞出这种事，辜负了你的感情，只能说她确实是败类女！"

"我不是这个意思。"

佐久间拼命地解释。

"自己交往的女孩爱上了别的男人，也是没办法的事。都怪我自己没有魅力，这无可厚非。我生气的不是这件事，就算生气，也没有理由在这里跟您二位发脾气。所以说，我生气的不是这个。"

佐久间看到夫妻俩不解地相互对视，便继续说道："伯父，几天前，您跟我说的什么？"

"……"

"您跟我说过什么？"

"佐久间，拜托了。"

"我当时还说'会不会已经来不及了'，您跟我说'不会，肯定来得及'。您还像这样用力地拍了拍我的肩膀。"

佐久间把手放在修司的肩上，抬起眼睛盯着修司。

"伯父，您那个时候就已经知道了吧？"

面对一脸惊讶的修司，佐久间接着说道："正是因为您知道了盐子的这个情况，才对我说那番话的吧？"

修司这才明白佐久间想要表达的意思。

"我算什么？我到底算什么东西？"

"佐久间……"

修司不知该如何回答。在他心里，曾经轻蔑地认为佐久间就是一个二流公司的次品男人，一个不靠谱的人。这次自己却被佐久间意外反击，而且佐久间所说的话句句在理。

"在这件事情上，你们欺人太甚了。我第一次来这个家的时候，就知道你们并不满意我。但是发生了这种事情，你们的态度又一百八十度大转弯，然后……"说着，佐久间拍着修司的肩膀，"对吧？你们为了把自己的女儿从泥沼里拉回来，就想利用我。"

修司把头贴在榻榻米上。

"确实如此，我无话可说。只不过，佐久间，要知道我们已经顾不上什么体面和廉耻了。即便是用再卑劣的手段，我们也要把盐子从那个男人手里拉回来。作为父母的这份心情，也请你理解。"

佐久间一脸茫然，沉默不语。

修司仿佛是在说给自己听似的，不停点头道："这都是父母必须做的。当然，不管怎样都不应该利用你。真是对不起了！"

修司伏跪在地上。金子见状，也连忙把双手伏在了榻榻米上。

"事到如今，我想以后可能也不会和你再见面了。就请你忘了这次的事……将来找一个诚恳的好伴侣。"

"承蒙你关照这么长时间，感谢你……"

修司瞪了金子一眼说："就只有一年吧？"

"这个时候就得这么说……这么长时间，承蒙关照了。"

夫妻俩一起深深地低下头。

佐久间看到眼前的情景，表情缓和了许多。

"那个，稍……稍等一下。"

佐久间突然说道。

"稍等？"

夫妻俩面面相觑。

佐久间呻吟般地说道："我愿意。"

"愿意？"

夫妻俩异口同声地反问。

这下，佐久间果断地说："我愿意试试。"

面对夫妻俩诧异的表情，佐久间挺了挺胸脯说道："从现在开始或许有些晚了，但是我愿意试试！"

"可是，佐久间先生，盐子都已经跟那个男人租了房子……"

"他们连双人床都置办好了。你的心意我们非常感谢……"

"不，就算那样我也要试一试。"佐久间坚定地说着，随后又小声地补充了一句，"如果真的爱上了一个人，就会是这样吧！"

听到这里，修司猛地低下头，双手捂着脸，激动得像大雁悲鸣一般"呜……"地哽咽起来。

金子受他感染，也抽泣起来。她本想在口袋里翻找手帕，结果只找到一个用三四张纸巾团成的纸团。她掏出纸团递给了修司。修司用它擦拭眼睛周围，突然抬头问道："欸？这是……"

"什么东西？"

修司的眼角处垂下一块嚼过的口香糖。

金子抽着鼻子，看了看丈夫，不禁也"啊！"地惊呼一声。

"是口香糖吧？"

修司大为恼火，使劲地想要把口香糖撕下来。

"对不起！"

"是你嚼过的口香糖？"

金子缩着脖子，不禁放声大笑。

"笨蛋！"

"啊！粘到眉毛上就不好弄了。"佐久间探出身子说道，"啊，稍等。"他说着，就要帮修司把口香糖弄下来。

金子在旁边说道："啊，佐久间先生，还是我来吧……"

两个人紧张兮兮地把口香糖从修司的眼角旁边取下来。

——简直不像话……

修司皱着眉头，偷偷地望着佐久间的脸。在修司眼里，此刻佐久间的那张脸竟然显得格外威严，值得信赖。

——这个男人应该算是男人中的极品了。相比之下，我简直……

一方面对自己的女下属心生非分之想，另一方面却又有心无胆。面对这样的自己，修司感到非常厌恶。

妻子和佐久间为了给自己剥掉口香糖，早已经把刚才的矛盾抛到脑后。修司在一旁看着，不禁在心底叹了口气。

采访工作结束后，盐子回到《娱乐世界》编辑部。美南和摄影师正在加班。盐子也回到办公桌前坐下。她一边吃着点的外卖拉面，一边盯着电脑里的校对稿。就在这时候，电话铃声响起。

美南拿起听筒。

"这里是《娱乐世界》编辑部。哦,石泽先生啊!芝麻盐?"

美南看了看盐子。

盐子连忙摆了摆手。

"她不在。"

盐子打着哑语,示意美南说自己已经回家了。

"她已经回家了。什么时候?嗯……"

盐子竖起两根手指提醒她。

"两个小时之前。"

美南一边对着话筒说话,一边故意开玩笑似的把电话递给盐子。但盐子佯装毫不在意,继续闷头吃着拉面。

"哦,对了,你有什么要捎的话吗?没有吗?哦,再见。"

听筒里传来石泽失望的声音。

美南放下电话,盐子这才松了口气。

佐久间重新下定决心之后,告辞回家了。但修司不认为盐子会因为佐久间的斗志而有所动摇。想到这里,修司感到非常沮丧。

金子把佐久间送出门，刚要回到客厅，突然在楼梯处停住了脚步。

"阿高！阿高！这里有寿司，要吃吗？"

金子朝在二楼的儿子问道。

"我现在就下去！"

楼上传来儿子的回答。

金子回到客厅，修司正盘坐在那里。周围一堆喝空的啤酒罐、吃剩的寿司拼盘和塞满烟蒂的烟灰缸，看上去一片狼藉。他一看到金子，便板起脸说道：

"你怎么能让一个男孩吃别人的剩饭！"

"可是，这也太浪费了。这种东西一会儿工夫就会变色，放冰箱里的话，米粒又会发硬。最重要的是，这些可都是你辛辛苦苦工作换来的。"

"在这种问题上，你没必要那么小气……"

这时，阿高慢吞吞地走进来，瞅了一眼寿司盘。

"什么嘛！净剩下一些奇奇怪怪的东西了。"

"吃剩下的能有什么好的！"

修司一脸不悦地说着。金子赶紧打圆场。

"这是寿司，又不是盖饭。就算动过筷子，也是像这样一个一个夹起来吃的，没关系啦！来，阿高！"

"不许吃！你一个马上要出人头地的男人，不要吃别人剩下的。"

"我也没想过要出人头地，没事。"阿高耸耸肩说，"那我就吃乌贼和鸟蛤吧！"

修司勃然大怒。

"你要是想吃就再去买一份！"

"一份人家也不给送呀！"

"没关系，我就吃这个吧！"

"我说过了'不许吃'！"

金子见修司一副火冒三丈的架势，才不得不说："那就别吃了。"

"搞什么嘛！是你叫人家下来的，一会儿让吃，一会儿又不让吃的。"阿高赌气说。

金子故意挪揄道："你爸不让吃，最好还是别吃了。"

"真是的！"阿高刚要走出客厅，又说道，"对了，我姐马上就回来了，正好。"

"对呀！盐子喜欢吃鸟蛤。"

金子拿起筷子，将盘里的寿司夹到一起。修司见状，就更气了。

"这些东西你也别给她吃！"

"孩子他爸！"

"我吃了它。"

修司拿起筷子。金子按住丈夫的手。

"这些东西胆固醇太高了。"

"胆固醇……"

修司正要鹦鹉学舌地重复金子的话，阿高从侧面看过来。

"咦？您眼睛这里怎么了？红了呀！这个地方。是粘了什么吗？"

阿高仔细看了看修司的眼角，发现他睫毛上还粘着口香糖的残渣。

金子跟阿高使了个眼色说："没什么。"

"欸？"

"赶紧上楼去！"

阿高不解地反复打量父母的脸，怏怏地走出客厅。

阿高出去之后，修司赌气地将寿司塞进嘴里。吃的时候越发恼火，于是像在拿寿司撒气似的，一股脑往喉咙里填，弄得自己"咳咳……"地一通干咳。随后，他把火气全都撒向了金子。

"你这一天都干了什么?"

"嗯?"

"我问你今天一天都干了些什么?佐久间非亲非故,都说自己痴情到那种地步。一个外人都那样设身处地为盐子着想,你说你自己这一天又都干了点什么?"

金子诧异地说:"洗衣服、买东西、熨衣服呗……"

"光做这些就够了吗?作为母亲,你觉得做这些就足够了吗?"

"那你这一天又干了些什么?"金子反驳道。

修司瞪圆了眼睛说:"啊?这不明摆着吗?我当然是在公司里拼命工作啦!"

修司吞吞吐吐地回答,突然内心又猛地生出一阵愧疚。咖啡馆里碰到睦子大腿时的那种感觉再次被唤醒。

"一样呀!跟平时一样……"

看到丈夫有些泄气,金子便乘胜追击。

"我可是比平时还要认真地洗衣服、熨衣服。因为你有时心里烦,还总生气,所以我在厨房里更加小心翼翼,生怕饭菜煮得味道不好,担心弄咸了。你竟然问我除了这些还做了什么？"

修司无言以对。金子仍不罢休，抓住机会继续说："不管丈夫跟孩子在外面干了什么，在家里的人不就只能跟平时一样干等着吗？除此之外，还能怎样？"

"我又没做什么！你这是怎么说呢？！"

修司为了掩饰自己的心虚，火气更盛了。

"孩子他爸，谁也没担心你有问题。"

"那你就不应该拿我跟别人相提并论。"

"你要是真那样，我倒庆幸了。"

"啊？"

金子耸耸肩说："我是说，孩子他爸，你要是搞了外遇，我反而会感到轻松。"

"喂！"

"这种事，这世上又不是没有先例，更何况都到现在了，应该也破坏不了咱这个家庭。"金子的表情看不出是认真的还是开玩笑的，"那样的话，我一个人忍着就好了，但是盐子或许不会同意吧。照这样下去，那孩子作为女人的这一辈子可就都毁了。"

"你说得轻巧……真要是换作你，恐怕也没那么简单。"

正因为心中有愧，修司感到些许不安。金子却淡定地说："或许就因为知道你绝对不会那样做，我才敢这么说吧。"

听了金子的话，修司这才松了口气。

"就是嘛！"

修司表示极力赞同。这时，门铃响了。

"啊！回来啦！"

金子准备跑向门口。

修司一脸不悦地说道："女儿回家不是理所应当的吗？用得着激动成那样吗？还跑出去迎接！"

"你自己那表情还不是一样……"

金子瞟了修司一眼，向玄关走去。门外果然是盐子。

"回来啦！"

"我回来了……"

母女俩的对话看似与平常没什么两样。

"晚饭呢？"

"吃过了回来的。"

"是吗？"

"啊，大门要关吗？"

"嗯，关上吧。"

盐子折回去把大门关上。金子则像一只逃脱的兔子一般迅速返回客厅,她刚好抓住修司的腰带,拦住了想要脱身的丈夫。

"你去哪里?"

"洗个澡睡觉呀。"

"还没到时间吧?"金子压低声音,迅速地说道,"你去谈谈。"

"跟谁?"

"当然是盐子啦!"

"没什么可谈的吧?"

金子更加用力地抓着修司。

"孩子他爸……"

"一个刚跟男朋友亲热完回来的女儿,我……"

"你怎么能这样说呢。"

金子皱了皱眉头。只听到玄关处传来盐子爽朗的声音。

"门口的灯要关吗?"

"关了吧!"

金子的回应声跟女儿的声音一样明亮。说完,她的表情又恢复了严肃。

"我叫她过来,你跟她聊。"

"聊什么呀?"

"什么都可以,别发脾气就行。就聊聊家常……"说着,金子竖起拇指,示意修司"刚才的事情不要提"。这时,走廊里传来盐子逐渐走近的脚步声。

"晚饭吃的什么呀?"

金子装出一副温柔的语气问道。

"在公司吃的拉面。"

盐子依旧用爽朗的声音回答。

听着母女俩矫揉造作的对话,修司不禁咂舌。他小声嘟囔:"真虚伪!"金子就瞪了丈夫一眼,对他说:"嘘!"

"这里有寿司。家里来了客人,我就点了外卖。还剩下一些,可以当零食。"

"喂!"

修司给金子使了个眼色,想让她不要说了。这时,盐子看了看他。

"谁来了?"

"你爸公司的人。"

金子用余光瞟了一眼丈夫的狼狈相,若无其事地回答。

"谁呢?"

"宫本小姐。"

金子随口说了一个名字。修司一听,脸色大变。

"宫本小姐?是哪一位呀?"

盐子问道。

"物资部的打字员吧?你爸手下的一个女孩,之前还来过电话呢。"

"对!对!是打字员……是的是的。"

听了金子的话,修司显得异常紧张。

不过盐子并没有注意到父亲的慌乱,只是含糊地点了点头,应了一声"哦",便转身走了。

"快去洗洗手!"

盐子的脚步声渐渐远去。

修司戳了戳金子说:"喂!"他再也无法继续待在这儿了,一心只想着要赶快逃离,可无奈又找不到合适的借口。

金子无视丈夫的焦躁。

"佐久间的事……"

金子给修司使眼色,像是示意他最好还是不说为妙。

"我知道！"

修司挪了挪身子重新坐正。妻子正忙着往小碟子里倒酱油、摆筷子。修司从侧面望着妻子，内心揣摩着她为什么会突然说出睦子的名字。想到莫非是被妻子发现了，修司不禁冒出一身冷汗。

盐子回到客厅，就像什么事情也没有发生似的吃起了寿司。

修司不敢正视女儿的脸，于是慌忙摊开晚报，佯装看报。金子一边沏茶，一边戳了戳丈夫的背催促他。

修司无奈之下，从报纸上抬起头问道："工作忙吗？"

"有点忙，因为快到截稿日期了。"

"哦。"

交谈戛然而止。修司在看报纸的间隙，不时偷瞄女儿。

"你们编辑部有几个人？"

"五个。哦，对了，有一个人辞职了。"

"为什么辞职？"

金子问道。

"因为要结婚了。"

"是正式结婚吗？"

听到修司这个唐突的问题，金子连忙在丈夫的胳膊上掐了一下。

盐子听了不禁一怔，身体僵直，但依旧故作镇定地回答说："结婚这种事，应该都是正式的吧。"

"那倒是。不是正式的也就不叫结婚了。"

金子在丈夫的胳膊上又使劲地掐了一下，而自己仍然保持平和的语气。

"结婚典礼是在什么时候呢？"

"不太清楚……"

"什么意思？不举办仪式吗？"

"我跟她不是很熟。"

修司慢慢站起身来，他已经不想再继续这样面对陷入不伦之恋的女儿。金子拼命地拽着修司的衣服，想要阻止他离开。但修司还是拨开了她的手，来到走廊。他站在昏暗的檐廊，眺望着夜幕下的庭院，内心涌上一股难以压抑的怒火。

几乎就在同一时间，石泽也怀揣着不甘踏上了回家的路。这一整天他都在焦急地等待着盐子，结果却被放了鸽子。此刻的脚步都让他倍感沉重。

石泽按响玄关的门铃。阿环给他打开门,她跟往常一样,还是衣着邋遢、不修边幅。

"我回来了。"

石泽说完,阿环吃惊地瞪大眼睛,不禁放声大笑。

"怎么了?"

"你竟然也会说'我回来了'。"

石泽把脸转了过去。

"朝子已经睡了?"

"都这么晚了,怎么可能不睡。"

"是呀。"

石泽将蛋糕盒递给妻子,走进了屋里。阿环跟在丈夫身后。

"真是难得。这是怎么了?"

她歪着头,不解地问道。

单凭外表看不出来,石泽其实是一个特别喜欢孩子的男人。不管多晚回家,他都是先到女儿的房间去看一看。

朝子那熟睡的面孔显得格外天真。石泽望着睡着的女儿,看了好一会儿,然后走到床边,想要把她露在外面的小手放进被子里。他拿起女儿的小手，下意识地凝望着。

"看什么呢？手相吗？"

阿环一脸诧异地问道。

"小孩子哪有什么手相。"

"有啊，连婴儿都有！"

石泽刚要把女儿的手放回被子里，阿环却按住了他的手，把朝子的手掌摊开给丈夫看。

"这条线的说法不就是这孩子跟父亲的缘分浅吗？"

"喂……"

"不是死别，是生离。"

"一会儿把孩子吵醒了。"

阿环低声笑着说："不管怎样看，朝子这手相都不像是很幸福的样子。"

石泽用眼神斥责妻子，随后关掉台灯走出了房间。

两个人回到客厅。阿环给丈夫沏了杯茶，又把丈夫带回来的水果蛋糕拿出来。石泽一边看着妻子吃蛋糕，一边摊开晚报。

"在孩子面前别胡言乱语的。"

阿环没有作声。

"水果蛋糕这东西，细细品味，还挺好吃的。"

石泽将视线从报纸上移开了一点，偷瞄妻子的脸。

阿环望着吃了几口的蛋糕说："这草莓和鲜奶油搭配起来色彩鲜明，真不错。草莓周围像是浸了血渍，看上去挺好。"

阿环突然把视线转向了丈夫。

"真是性感，这蛋糕让人看了都心生嫉妒。"

石泽连忙用晚报遮住脸，阿环忍不住窃笑。

"晚报这东西还真是助人为乐。"

"啊？"

"多亏了晚报，不知道帮着多少男人遮脸。"

"……"

"报社也是通晓人情。"阿环再次"呵呵呵"地笑了起来，"是呀，报社的那些大人物也会干出坏事，这才想出了晚报这东西吧！"

石泽皱了皱眉。他听出妻子语气里隐含的前所未有的弦外之音。这段时间，他才发现妻子经常背着自己喝酒。

"最好还是别喝了，会上瘾的。"

"你知道了？"阿环耸耸肩说道，"开始还觉得苦，我就把它当成药，喝着喝着，现在已经觉得挺好喝了。"

石泽放下晚报，站起身来。他觉得妻子的酗酒全都是因为自己，所以无法再继续这样面对妻子。

"你不跟我说别喝了吗？"

阿环冲着丈夫的背影，略带讽刺地低声说。

石泽佯装没有听到妻子的话，径直走向了洗手间。他刚要刷牙，突然看了看镜子。镜子里映出一个面如铁色的中年男人。

石泽叹了口气，又看了看洗手台。妻子的牙刷旁边并排放着女儿的红色牙刷……

石泽一脸茫然地呆立着，阿环则在稍远处凝望着丈夫。

四

正午刚过,不知何处传来钢琴练习曲的声音。从不熟练的指法可以听出,弹琴的应该是个孩子。不时还会因为弹错了音导致曲子中断。

金子正在练习瑜伽。可是她无法像以前那样投入,总是会走神去听弹钢琴的声音。那琴声跟盐子小时候弹的曲子一样。——嗯……那曲子叫什么来着?金子正在思索,这时,突然从玄关传来门铃声。

"我是三河屋的。"

"好的!马上来!"

金子迅速在黑色紧身裤外面套了条裙子,急急忙忙地奔向了门口。

"小师傅,今天我们家先不用了。"

"那就下次!"推销员做了个结印的动作,然后抬眼看了看金子说:"啊!夫人,您又在练习这个呢?"

"你这是忍者吧?不过,瑜伽和忍者倒也是相通的。"

"听说现在挺流行的！"

说着，推销员把目光转向院子里的树丛后面。只见一个女人半蹲在树丛后面，抱着手提包，正对着化妆盒里的镜子涂口红。

金子不禁"啊"的一声大叫。女人转过头来，也吓了一跳，然后直勾勾地望着僵在那里的金子。

这个女人正是阿环。

"石泽先生的……太太。"

金子一脸茫然地低声说道。阿环迅速转身就要走，金子急忙套上一双宽松的大拖鞋在阿环身后追。过程中，连拖鞋都跑飞了，好容易才在门前把阿环追上。

"请等一下！"

阿环知道自己跑不掉了，只好停下脚步。她转头看了看金子的脸，咧着刚刚只涂了一半口红的嘴，"呵呵呵"地笑了起来。

"吓死我了！真是吓了我一跳。"

"……我也一样！"

阿环手指着金子说："原来您是她母亲……"

三河屋来推销的小师傅一脸惊讶地站在一旁。两个女人看都不看他一眼，严肃地注视着彼此。紧接着，两个人都深深地叹了口气。

几分钟之后，金子和阿环来到古田家的客厅相对而坐。

"您怎么知道……这里的？啊！难道是您丈夫说的？"

金子问道。阿环听了，脸上露出一丝苦笑。

"他才不会说呢。如今只要出钱，有些地方无论什么都能给你查到。"

"这么说，我们家盐子的事您已经……"

阿环点了点头。

"您之前不也因为这件事情去了我先生的个展吗？您是不是想去看看，引诱自己女儿的究竟是个什么样的男人……"

金子和阿环都回想起了她们在石泽个展上碰面的那一天。

金子觉得有些尴尬，于是来到厨房沏茶。当她端着茶盘返回客厅时，阿环正一脸茫然地望着院子。

金子把茶杯放到阿环面前，她才把视线收回来。

阿环呵呵地笑着说:"我还以为是您呢。"

"我?"金子瞪圆了眼睛说道,"您以为是我跟您先生?"

见阿环点了点头,金子不禁开怀大笑。

"您以为我多年轻呢?"

"这种事跟年龄没关系吧?"

金子收住了笑声。

"作为父母,其实我应该向您道歉才是……"

"我可不是来让您给我道歉的……"阿环叹了口气说道,"说实话,连我自己都不知道为什么要来这里。一个人待在家里,总是坐立不安……我们家住的是公寓嘛,所以就像是待在一个四方形的水泥箱子里。要说脑子里如果装了什么重大的烦心事,住在公寓里还真是不行,没有一个能够舒缓的通道。您知道水培的洋水仙之类的球茎吧?就跟养那种植物的感觉一样,脑子里的烦心事就像肿瘤似的一点一点地在膨胀,然后脑袋都快撑爆了。我实在是待不下去了,才想着要出来走走。等我回过神来,就已经站在了您家门口……"

金子目不转睛地望着阿环。她发现阿环的口红只涂了上嘴唇,于是小心翼翼地想要提醒她,便开口说:

"那个……"

但阿环好像完全没听到似的,接着说道:"都是我家先生的错。肯定是我家那位主动搭讪的。况且,才二十二岁是吧?您家女儿……"

"二十三岁了。"

"过了二十岁,就应该算是真正的大人了,父母再说什么也不管用……"

听了阿环的话,金子惭愧地垂下头。

"但这些话都是些冠冕堂皇的说辞。说心里话,您也很生气吧?"阿环苦笑着说,"自己女儿跟一个有老婆孩子的男人一起跑去租房子……"

"您连这些也都知道了?"

"我还听说她父亲是在一家大公司里工作,然后就想来质问一下她的父母,到底在忙什么呢?这件事眼不见心不烦就可以了吗?我还想问问,你们到底是怎么教育自己的孩子的……"阿环一口气说到这里,突然蜷缩起肩膀,"我心里虽然是这么想的,但当我看到夫人您的时候……才恍然大悟。原来您也是知道的,所以前一阵才去了我家那位的个展。这样一想,我才理解您作为父母也挺不容易的……"

金子再次低下了自己的头。

"我家先生……"

金子终于忍不住打断了阿环。

"真不好意思,您正说着话……您这里……"金子指了指自己的嘴唇说道,"好像只涂了上边……"

"欸?"

"口红……"

阿环惊讶地瞪大了眼睛,随后便开始慌忙地在包里一通乱翻,掏出了化妆盒。她打开化妆盒一照,不禁"啊!"地大叫了一声,紧接着又是手忙脚乱地找口红。但因为一时慌乱,翻了半天,最后好不容易才找出来。

阿环一边在下嘴唇涂着口红,一边说道:"我平时都只涂上面,然后再这样……"她抿了抿嘴唇继续说:"像这样把口红抹到下嘴唇上。"

"我也是一样……"

涂完口红之后,阿环露出自嘲的笑容。

"我现在这个样子跟之前说的大相径庭吧?"

"啊?"

"上次遇到您的时候,我完全是一副自甘堕落的样子,头发凌乱,脸上一点妆都没化,还跟您说了些自暴自弃的话。我说过，看到镜子里喜好打扮的自己觉得肤浅不堪，而且自己通过那种方式来进行对抗，太可悲了，所以才不再化妆的……"

金子点了点头。

"您还说过，'主动退出的话，也就分不出胜负了'。"

"'我素颜就是这副德行，我倒要看看你还会不会回来'，这种话都是我在打肿脸充胖子呢……"

"……"

"其实呀，现在才是我真实的样子。"

如此说来，金子才发现今天的阿环穿了一身干净利落的套装。身材苗条的她穿上那身衣服显得非常合适。再涂上鲜艳的口红之后，也是一个颇有几分姿色的女人。

"我还以为自己已经不会再嫉妒了……"阿环叹了口气，"可还是像这样站在了您家门前。"

金子不知该如何回答，只是不知所措地望着阿环。

阿环突然郑重其事地说："这一次，我家先生跟以往有所不同。"

"您所谓的'不同'是什么意思……"

"他会莫名其妙地恼火，还总是会焦躁不安……或许这次他是认真的了。"

"认真的？您是说他会抛弃家庭，跟我家盐子……"

金子不由自主地向前探了探身子。

"不，不是……"金子充满期待的口吻刺激了阿环的神经，她突然想起来什么似的问，"夫人，关于口红的问题，你是不是从一开始就发现了？"

阿环歪着头问道。

阿环的态度骤变，不免让金子感觉有些惊慌。

"是的，我还纳闷您怎么了呢？"

"那您为什么那时候没告诉我呢？"

"这不是没机会说嘛！我就以为您是故意这么弄的。"

"怎么可能呢？"

阿环一脸傲气地下巴一扬，略有不悦的样子。

"石泽才不会抛弃家庭呢！"阿环继续冷冷地说，"我们还有孩子，而且石泽没有工作的那段时间全靠我赚钱养家。"

"可是，你刚刚不是说他是认真的吗？"

"搞外遇也有逢场作戏和假戏真做呀。这点道理夫人您总该明白吧！"

"我们家先生为人古板……"

"他没有过外遇？"

"他要是真有那本事，我还觉得庆幸呢。"

阿环瞪圆了眼睛。

"是他身体不行？"

"不是的，我们在一起快二十五年了，他只因为脚气和智齿去看过医生。"

阿环听了，突然哈哈大笑起来。

"不会只是夫人您不知道吧？"

金子不免有些生气。

"怎么会！这点事，我还是能知道的！他就是没有那门心思的人，非常死板。有些道路每逢周日什么的不是会变成步行街吗？就算那时候，要过马路他也得走人行横道。吃鳗鱼饭的时候也是，非得从边上把盒饭分成几块按顺序吃。"

"据说越是这种人越危险呢……"

"危险？什么意思？"

金子的脸色也不知不觉地发生了变化。

"像我家先生那种身经百战的,早就已经免疫了,可是您家先生不一样……一旦有点情况……肯定会'砰'地……"

"不会那样吧!"

"他不也是个男人吗?"

"当然是男人啦!"

"只要是个男人,就不可能没有这个心思。不是隐藏起来了,就是拼命压抑着呢……"

"肯定也有男人能坐怀不乱的。我觉得我家先生要是真有过这方面的经验,碰上这次的事,对盐子,对您先生,多少也能够理解一些。可他坚持说,'不会原谅的!绝不!'"

金子不由自主地挥动拳头。

"明白了。"阿环点了点头。

"所以说打了石泽的人是您家先生?"

"他跟您说了?"

"没有。我还纳闷了,要是被女人打的,怎么到第二天早上都没消肿呢。"

金子轻轻地低下头。

"也是难为您了。"

说完，两个人不约而同地相互看了看彼此，最后忍不住捧腹大笑起来。之前的尴尬、敌意、紧张、不安……一下子全都消失了，两个人彼此拍着肩膀放声大笑。虽然脸上挂着笑容，但是各自的内心又都交织着某种苦涩的东西。

"其实这个时候不该笑的。"

两个人笑着说道。随后，笑声便戛然而止，她们再一次彼此相视。

"真是的！"

然后，两个人又齐声大笑起来。不过，此时的笑声已经没有了最初的气势。

笑声平息之后，一阵凝重的沉默笼罩着周围。此时，那断断续续的钢琴声也听不见了，四周一片寂静。

两个女人缄口不语，各自低下头喝着茶。

工作之余，修司陷入了思考。

盐子询问"谁来了"的时候，金子回答的是"你爸公司的人"。盐子又问到"谁呢"之后，金子竟说是"宫本小姐"。"物资部的打字员吧？""你爸手下的一个女孩，之前还来过电话呢。"

金子昨天晚上的几句话一直萦绕在修司耳边。

——难道这就是所谓女人的直觉？

修司突然看了看睦子，她正在默默地打字。他不时地望向睦子，只见她下意识地捋了捋鬓角。这个动作唤起了专属于情人旅馆的缠绵妄想。可是，到了关键情节，一切却被双人床上盐子和石泽那不成体统的场面所取代。

"不行，我绝对不会同意！"

修司不禁低声自语。

这时，他已经无心再工作下去了，于是，便从办公桌的抽屉里翻出一个信封，在上面用签字笔写下"慰问礼"三个字，又从钱包里取出三万日元装到里面。紧接着，他犹豫了一会儿，决定从中抽出一张，然后若无其事地将信封塞进口袋里。修司随口喊了一声："大川！"他向走到自己面前的大川询问道："之前说的文件，东西建设公司的，准备好了吗？"

"已经准备齐了……我明天就能送过去。"

"那边的会计部部长是我师弟，我去吧。"

"是吗？"

"我看一下时间，送完文件再去办点别的事。"

"您请便。"

他拿到文件后,朝出口大门走去。他走到睦子的座位后面时,停住了脚步。

"这个明天之内也来得及吧?"

修司探头看着打字机说道。

"没问题。"

"那就拜托了!"

修司说着,把手搭到睦子的肩上,轻轻地揉搓。然后又在她肩膀上"砰砰"拍了两下,才悠然地离开办公室。

修司刚一走出办公室,神情就开始变得紧张不安。他站在电梯前焦急地等待着,没一会儿工夫,睦子就来了。修司环顾了一下四周,确认没有其他人之后,迅速地掏出信封,塞进了睦子工作服的口袋里。

修司对满脸诧异的睦子说道:"去给你母亲买点水果之类的。"

"部长……"

"等我这边乱七八糟的事情告一段落之后,再找你一起吃个饭,顺便听听你的事。"

睦子高兴地点了点头。

修司一脸悲壮地走进电梯。

他把文件送到东西建设公司之后，直接就奔石泽工作室的方向去了。

石泽的工作室在一栋外形时尚的大楼二层。时髦的门扉上挂着一个门牌，上面用罗马字母竖着写有"Ishizawa design studio"的字样。

修司木讷地把头横过来，大声念出门牌上的字。

"石泽 design……明明是个日本人，就应该老老实实用日语写！用日语！"

修司一脸不悦地敲了敲门。

"请进——"

屋里传来一位年轻男子的声音。

"句尾拉什么长音！"

修司再次感到不悦。

狭小的屋子里堆满了杂物，嘈杂的音乐声响彻整个房间。音乐是从桌上的一台录音机里传出来的。三四个人正在办公桌前工作。所有的墙面上都贴满了海报，修司望着那些海报皱起了眉头。

修司向坐在离门口最近的年轻男子询问道："抱歉，打扰了，请问石泽先生……"

男子抬头看了看修司，一边伴着节奏不停地扭动身体，一边说道："石泽先生去画室了！"

"啊？"

"石泽先生，在画室！"

"拜托把音乐的声音调小点！"

有人拧了一下录音机的旋钮，声音稍微小了一些。

"画室？"

"只有电话，地址他没说，还管那儿叫什么'秘密基地'。"

修司压抑着内心的焦躁。

"麻烦你，把电话告诉我……"

年轻男子说了一下电话号码，修司将它写到了记事本上。

修司道完谢之后刚要离开，男子突然问道："您是哪位？"

"我是他朋……"刚说到一半，修司就停住了，然后改口说，"不，我们只是认识而已。"

修司直接奔到了高岛家园。他已经下定决心要把女儿从石泽身边抢回来。

修司用力地敲响石泽的房门。

"谁呀？"

房间里传来石泽的声音。

"古田……"修司刚一张嘴突然意识到不妥，于是便用假嗓子喊道，"石泽先生，您的电报！"

屋里没有回应。

"石泽先生，电报！"

修司正扯着嗓门大喊。这时，房门突然向内敞开。修司用全身的重量抵住房门，然后迅速地钻了进去。

石泽抱着胳膊看着修司，等他调整好状态之后说道："请把电报念一下吧。"

"啊？"

修司瞪大眼睛。

"电报嘛！电文是什么？"

修司的态度郑重起来，就像小学生朗读课本似的，一个字一个字地大声说："还我女儿！了断！父亲。"

石泽一阵爆笑。

"'了断'，这个说法不错啊！您可真是有板有眼。"

修司一脸不悦。

"石泽……"

"我倒是想还，可也没法还呐！"

石泽环视了一下房间，然后夸张地展开双臂。

"你少糊弄我了！盐子！盐子！"

修司想要闯进房间去。石泽一个闪身，直接把中间的通道给他让了出来，然后气定神闲地说："反正就是一个单间外加洗手间而已，请便吧。"

房间里并没有看到盐子的身影。书桌上散落着一堆刚画了一半的稿子，还有那张套了床罩的双人床，看在眼里不禁让人扫兴。

"自从上次……就是在'梅干'被您揍了之后，我们就没见过面。"

石泽苦笑着解释道。

"少骗我了！"修司说完之后想了想，继续道，"可实际上那天晚上盐子并没有回家呀。她是第二天早上才回去的……"

"那她就是一个人来这儿睡的呗。"石泽接着说，"我当时直接就回家了……刚被她老爸揍完……到晚上再搂着她亲热未免……"

"亲热"这个字眼刺痛了修司的内心。修司的目光像利箭一般射向石泽，然后他忍不住"咳咳"地清了清嗓子。

"您这是感冒了？"

"我只是不想听你那些露骨的话。"

石泽蜷缩起肩膀，补充说："更何况……一想到您作为一个父亲的心情，我也是感到歉意的……或者说是畏缩了吧。"

"你要是真感到歉意，干脆就一刀两断怎么样？"

"要是真能一刀两断……分了也没问题。"

石泽那副置身事外的态度，让修司感到越发恼火。

"你只要下定决心分手不就行了！"

"决心倒是很容易下，"石泽露出一脸苦笑，"可真要分手那就困难了，就跟戒烟一样。"

"你怎么能把别人的女儿跟尼古丁相提并论呢？"

"心里明知道不好，可就是无法抑制住自己，从这一点来看，两者是一样的啊。或许这就是所谓痴迷的常态吧。"

"也就是说，连你自己都觉得做得不对吧？"

修司的表情好像在说："果不其然！"

石泽点了点头。

"所以呀，上次被您揍的时候，我才一点也没有还手嘛！"

"那我也不会道歉的,本来就是你这个人该打。"

"我理解。虽然理解,但父母出面干预这种事情,您不觉得有点奇怪吗?"

"我是盐子的父亲……"

"我知道。可是,伯父您……"

"你不要这样叫我!听了让人不痛快!"

"那我就叫您古田先生。古田先生,这种事不是'犯罪',它是'谈恋爱'!"

"要我说,就是'犯罪'!"

"您这个理论有点牵强吧?爱上一个人难道就是犯罪吗?"

"你!"

修司握紧拳头。

"且慢且慢!"

石泽立刻大喊。

他那玩世不恭的口吻再次激怒修司。

"说什么呢?你少在这里开玩笑……"

"对不起,这是我在事务所养成的口头禅。"石泽诚恳地向修司道歉,"我现在去沏杯咖啡,您先冷静一下咱们再聊。"

"谁稀罕你的咖啡……"

"火气这么大,谈也谈不出个像样的结果来。而且要是相互撕扯起来,不是对咱俩都没什么好处嘛。"

石泽说着,向厨房走去。

待石泽离开之后,修司重新打量了一番这个房间。屋子里的摆设其实很简单,除了一张双人床和一张书桌之外,就只有一些设计相关的书籍摊在地毯上。墙壁上贴着一张巨大的黑白照片,画面上是一个姿势大胆的女性裸体。

修司不禁一惊,赶紧把视线移开,但心里却始终很在意。于是他又将视线重新转回到裸体照上,从乳房、到肚脐……修司的视线逐渐下移,一点一点地偷偷观察。

石泽在厨房里一边冲着速溶咖啡,一边追踪着修司的视线,内心不禁觉得这实在是滑稽至极。

石泽端着咖啡杯回来时,修司慌忙地将视线从裸体照上移开。

"就因为从事的是钢铁行业,伯父,哦,不,古田先生,您做人还真是刚正不阿呀!"石泽一边将咖啡杯放到桌上,一边说道。

"是你太随性了。不,与其说是随性,不如说是无耻!"

修司生气地说。石泽却嘻嘻地笑了起来。

"男人嘛!还不都一样!"

"你自己是这样,就认为别人也跟你一个样,简直大错特错。照样有男人恪守这世间的本分。"

"您说的是一夫一妻制吗?"

"说白了就是那个意思。"

"那不过是表面上好听罢了,男人嘛……"

修司没等石泽说完就插嘴道:"又不是雄性兽类。人类的男性就应当克制住自己,学会自制!"

石泽忍不住放声大笑。

"你笑什么!"

"那您刚才是在看哪儿了?"

"嗯?"

"这儿,还有这儿。"

石泽指着裸体照的乳房和小腹说道。

修司瞪圆了眼睛反驳道:"你这家伙,简直无礼!"

"谁也不会立马就春心荡漾。看是正常的,不看的家伙才不正常呢。"

修司瞪了石泽一眼。

"你这是故意给我下的套。"

"放糖吗?"石泽无视修司的愤怒,自顾自地问道。

"放两块。"

"两块太多了吧?您血糖没问题吗?"

"关你屁事!"

"给您放一块啦。"

石泽把咖啡递给修司。接过杯子,修司一边搅拌着,一边说:"当然啦,我也是个男人。心猿意马的时候也不是没有。"他无奈地点了点头,继续道:"可是,正是因为考虑到这世间的规矩、对方的幸福,我们必须得有克己之心和自控能力……"

"就算爱上公司里的年轻女职员,也不会在桌子下面触碰对方的大腿,不会抄起杯子就喝掉人家的水?还是说,也不会约出去一起吃饭?"

听了石泽的话,修司一下子惊呆了。拿在手里的咖啡杯不停地发出"咯噔咯噔"的颤动声。

"你在说什么呢!你这家伙,别在那里诽谤了!给我闭嘴!"

"如果说错了,我向您道歉。"石泽低下头,目光投向修司的咖啡杯,"不过,您这杯子怎么还咯噔咯噔响个不停?"

"……简直太无礼了!"

修司气愤地吐出这么一句,可脸上的表情已经由之前的愤怒变成了不安。他不由得感觉石泽这个男人有些可怕。

石泽看出了修司的惶恐。

"您大可不必以一副警惕的眼神盯着我。我想说的是,我呢,跟伯父,哦,不,跟古田先生,都是男人。"望着面带怒色的修司,石泽不禁觉得很是有趣,他继续道,"剥掉这层皮囊,咱们想的都是一样的东西。想要看女人的裸体,见了漂亮女人都会……是吧?都是好色之徒。"

"不,这里面也是有个度的……"

修司的话语中已经完全失去了之前的那种魄力。石泽没等修司把话说完,就抢先道:"一个是随时随地、随心所欲、想干就干的男人,一个是想做却没胆量干的男人而已。"

"可不止这些!"

"您别吼呀!"

"你刚才说想干就干，那好！那就干得彻底一点儿，如何？"

修司话锋突然一转，石泽哑口无言。

"你既然这么爱盐子，那就抛弃老婆孩子跟她结婚。如果你能这样的话，就另当别论了。"

"古田先生……"

"嘴上说得好听，你这就是脚踏两条船！被女孩的老爸揍了之后，就自己拍拍屁股回家了。盐子那天独自一人在这个房间里睡了一宿才回去。"修司越说越激动，"她还在自己的父亲面前假装你也跟她在一起……想想那孩子自己一个人在这里……"修司激动得无法喘息，"那孩子简直太可怜了……"

"您的意思是我那天晚上应该住在这里？"

"混蛋！我说的不是这个意思！我是让你明确地做出选择！"

就在修司怒吼时，杯子里的咖啡不小心洒出来了，弄湿了他的裤子。

"伯父。"

"你别叫我伯父！"

石泽忍不住笑出声。

"有什么好笑的！"

"不是，我总觉得……伯父您有点怪，不过也没什么啦。"

石泽掏出自己的手帕，给修司擦干裤子。

"我倒是有点喜欢上伯父了。"

"我可是讨厌死你了！"

修司瞪着石泽，但表情已经稍微缓和了一些。

这两个男人就像是油和水一样，迥然不同，但奇妙的是，他们彼此之间却产生了一种莫名的亲近感。

这一天傍晚，美南回到编辑部时，正好跟一个站在办公室门口的男人撞了个满怀。这个身材瘦高的男人正是佐久间。佐久间抽着烟，他似乎已经在那里站了很久，脚底下的烟蒂已经堆成了小山。

"……你可别把我们这栋楼给点着了。"

美南穿过半开半掩的门走进办公区。盐子正在办公桌前校对稿子，美南上前拍了拍她的肩膀。

"干什么呀？"

"人家一直在那儿杵着啦！"

美南指了指门外。

"谁呀？"

"前男友呀！"

盐子一脸诧异地来到走廊。

"今天晚上，能陪一下我吗？"佐久间一看到盐子便对她说道。

"我们应该已经分手了吧。"

"我有话要跟你说。"

"什么话？"盐子一脸不悦，"我先跟你说了吧，如果是想谈石泽的问题，我已经跟他分手了。"

"分手了？"

"害你担心了，但我已经下定决心了。因为考虑到将来，自己肯定会吃亏。"盐子说话的口吻有些沉重，但语气很坚定，"不如趁现在这个阶段，干脆就分手。"

佐久间的脸上又重新恢复了活力。他把烟蒂用力扔掉。

"那今天晚上，去喝一杯吧！"

"不好意思，我还有工作要做。而且……"盐子把视线移开，"刚跟这个分了手，就跑去跟那个喝酒，我还真没这个兴致。"

"好吧。"

佐久间点了点头。

从盐子工作的编辑部出来之后,佐久间找到一个电话亭。他给古田家拨了一通电话,把盐子刚才说的话一五一十地告诉了金子。听筒里传来金子兴奋的声音。

"分手了?盐子真这么说的?"

"对,说得很清楚。她的表情非常痛苦,很失落的样子,绝对不会有错。"

"她肯定是明白了佐久间先生你的心意!那孩子如果不是冲昏了头,还是会考虑一下自己这一辈子的生活的。"

从电话的另一端,佐久间能够感受到金子的喜悦和安心。

"太好了……太感谢你了!"

金子反复地向佐久间道谢。

"真了不起!小盐,你太棒了!"

庄治让盐子拿起酒杯,然后替她倒上了酒。

"真不容易啊,能下这么大决心。"

须江把手里放酱菜的碟子推到一旁,也露出了放心的表情。

这时"梅干"店里除了盐子还没有来其他客人。所以她并没有坐在店铺里,而是在里面的一个日式房间烤着暖炉。

盐子一口干掉杯子里的酒,又从酱菜碟里夹了一块薤头扔到嘴里。

"我试着给自己下达了一个命令,想要看看自己能忍几天不跟他见面。"

盐子自豪地说着。

庄治和须江都钦佩地点了点头。

"第一天呐,真的是很痛苦,感觉自己只要停下工作就想往公寓跑似的。于是我就把工作排得满满的,拼命地干活。"

"也就是说,你完全没有再见过他了?"

须江问完,盐子点了点头。

"我想了很多,觉得这样一直拖下去,以后会很不好办……"

"说是爱情、情人,听上去没那么难听,但照过去的说法,就是见不得人的。"

"对,就是小妾。"

庄治和须江异口同声地说道。盐子苦笑。

"我们只不过是自欺欺人地换了种时髦的说法而已,实际上性质是一样的。作为父母的,其实也挺可怜的……"

"是呀!父母肯定伤透了心。"

庄治又往盐子的空杯子里斟满了酒。

"从出生到长大成人,想一想你妈妈替你洗了多少次尿布?你要是真的误入歧途了,她该多可怜呀!"

盐子点点头,又把杯子里的酒干了。

"啊!这决心一旦下了,连酒都变得好喝了。"

"你跟石泽先生说了吗?"

见盐子摇摇头,庄治叹了口气说:"还没有吗?"

"阿爸,您帮我跟他说一声吧。就说,'我考虑再三,决定跟他到此结束。'……顺便跟他说,'一直以来我都很感谢他……'"

"我会告诉他的。"

"……告诉他,'这段时间我很快乐。'"盐子充满感情地说着。庄治不由得抓着脑袋,感到有些为难。

"这也要我说吗?"

"嗯。"

"还是我来吧。"须江向前移了移身子,自告奋勇地说,"我一直想说上一次这种台词!"紧接着,她便模仿起盐子的口吻,"我很快乐……"

"你还练习上了!"

三个人一起放声大笑。

就在这时,突然听到店里传来有人进门的声音。

"咦?没人吗?"

只听见一个男子的声音,盐子不禁一惊,全身僵直。

"是石泽!"

须江慌忙站起身来。

盐子双手合十,拜托夫妻俩假装自己不在。二人点了点头,关上拉门走出房间。来到门口,须江顺势把盐子的鞋塞进了门框下面。

他们出来时,石泽已经在柜台旁边坐下了。他看上去非常沮丧。

"怎么了?"庄治转到柜台后面,向石泽问道。

"嗯?嗯……"

"你看上去很没有精神呀。"

"给我上点烫好的酒。"

"清酒一壶!热的!"

须江大声喊着。

"不用喊我也能听见。"

随后,一阵尴尬的沉默弥漫在空中。

庄治把烫好的清酒和小酒盅放到石泽面前。须江帮他斟好酒。

石泽抿了一小口,说道:"我呀,把东西给弄丢了。"

"零钱包吗?"

"里面有多少钱?"

夫妻二人你一言我一语地这么问着,石泽苦笑。

"里面装的是用金钱买不到的东西。"

"是什么呢?"

"那是我最宝贵的东西。"

夫妻俩相互使了个眼色。石泽又喝了一口酒。

"我呢,开始没觉得它有多重要。"他叹了口气接着说,"但是当我失去它,必须得放弃它的时候,才明白它有多重要。它可能比我之前见过的任何东西都要美好,都要耀眼。现在我要是失去它,很可能这辈子都不会再拥有了……"

石泽的脸上看不到以往的轻佻,他仿佛是在真心地诉说着自己的肺腑之言。

"我要放弃了!应该说是不得不放弃了!"

石泽仿佛是在说给自己听。说完,一个仰头把杯子里的酒都干了。

庄治用力地点着头。

"石泽呀,你很了不起!"

"词儿都跟刚才说的一模一样呀!"须江小声打岔。

"笨蛋!"庄治瞪了她一眼,小声道。转头,他又对石泽重复了一遍:"你真是了不起!这样才是个男人!"

庄治说着,帮石泽把酒重新满上。

石泽刚要把酒干了,突然停下来,抬头望着庄治。

"有件事,顺便说一下,当然也是我要显得体面些。你帮我转告一下小盐,下次再谈恋爱时一定要找一个没有老婆孩子的单身男人,千万不要再找像我这样的了……"

"我转告她。"

"她要是来这里喝闷酒,你们就只给她一小壶,然后打发她回去吧!"

"明白!"

"还有……"石泽说到一半,因为哽咽而停住了。

"怎么了这是?"

"哎哟！一个大男人怎么还哭起来了！"

须江的话音刚落，只听见"砰"的一声，里屋的拉门被用力打开了。三个人同时向声音传来的方向望去，只见盐子正光着脚站在地上。

盐子和石泽双目对视，一瞬间，盐子猛地向石泽跑去，扑到了他的怀里。她用拳头使劲捶打着石泽的胸膛，一边捶一边痛哭。

石泽一动不动地任凭盐子的拳头落在身上。他一边任由盐子捶打，一边呜咽着。

之后，盐子和石泽像是彼此安慰似的，相互依偎着离开了"梅干"。庄治和须江夫妻俩也收拾起招牌提前打烊。他们一边叹着气，一边开始收拾店铺。

当天晚上，盐子没有回家。

石泽也没有回去。两个人一起在高岛家园迎来第二天清晨。

古田家的客厅里，修司和金子彻夜未眠。他们一直在焦急地等待着女儿的归来。两个人最后决定放弃等待，上床睡觉时已经是拂晓时分，天快蒙蒙亮了。即便躺下了，他们也根本睡不着。外面传来报童投递报纸的声音。修司拖着由于睡眠不足而沉重不堪的身体，走到门口捡起早报。

一股怒气在他内心翻滚。

——好！我要杀到那个石泽的事务所、杀到高岛家园去！决不能放过他！

修司在脑子里这样盘算着，可内心深处的某个角落，却又隐约感觉到这样也挺好……

要说"挺好"或许有些过了，但确实夹杂着一丝喜悦……不，应该说是一种"还不赖"的感觉。

为什么修司会觉得还不赖呢？因为这就意味着自己还会见到石泽。在修司看来，石泽是一个让人无法深恶痛绝的男人。在这个男人身上，他感受到了一种莫名的亲近。修司也为自己竟会有这样的想法而感到困惑不已。

修司手里拿着早报，茫然地伫立在门口。金子也因为睡眠不足，脸上有些浮肿。她在睡衣外面套了一件和服外褂，一直在背后凝望着自己的丈夫。

五

每到午休时间，公司屋顶平台上都会聚集很多女职员。她们有的兴致勃勃地打着排球，有的组织大家练习合唱，还有的品尝着三明治，或是织着毛衣。

这一天，修司和佐久间也来到了这里。他们找到一个远离喧闹人群的地方，并排着倚靠在栏杆上。但两个人都在尽量避开对方的视线，生着闷气似的使劲抽着香烟。

"盐子自从上次之后就一直没回家！"修司急躁地吐了一口烟，接着说道，"是跟那个男人在公寓里……"

"不可能呀。"佐久间扔掉手里的香烟，然后用鞋尖捻灭，"盐子说，她考虑再三，决心要分手的啊……"

修司没等佐久间把话说完，抢先道："那个男的也是这么说的，还说他们一直没有再见面，听那口气也是要分手的感觉。难道是情况逆转了？"

"逆转？"

"起初强硬地要压抑下去，结果反而'砰'的一下子像洪水似的……"修司用力撑着双手做出挤压的动作，"肯定是这么回事。"

"她从家里搬出去了？"

"……到现在已经一周了……应该就算是了吧。"

听到这里，佐久间有些惊慌失措。

"怎……怎么搬出去的呢？我是说，盐子的态度……她是像这样双手伏地正式跟您表示'长时间以来，感谢父母的养育之恩'吗？"

"要真是那样，我就算拼了老命也会把她拦住的！"

"那是……"

"像往常一样，早上出了家门，就再也没回来……"

"……那您就不管了吗？以后呢？您就没去她工作的地方，或者到公寓去把她拽回来吗？"

修司叹了口气。

"我老婆说要去的，可我叫她不要去。又不是十七八岁的孩子，她都二十三岁了，既然要抛弃父母、兄弟离开这个家，就应该已经做好了相应的心理准备。最重要的是，她现在正在兴头上，这个时候硬去拉她，反倒是火上浇油了。"

佐久间一脸绝望地又重新点燃了一支香烟。

"太傻了！她简直太傻了！有你这么好的男朋友还……"

"我并不是她男朋友。要是她男朋友的话，事情不会变成现在这样。"

"事到如今，我又要发牢骚了。你为什么就不早点出手呢？你说！"

修司显然是想拿别人撒气。可正当他把矛头指向佐久间时，不知从哪儿突然飞来一个排球，恰巧砸到修司的额头上。

"危险！"

佐久间大喊了一声，下意识地蜷缩起身体。

"对不起！"

或许是因为正处在一个干什么都觉得好玩的年纪，一群女职员在远处推来搡去，嬉笑打闹。

修司把球给她们扔了回去。

"盐子这孩子从小就鲁莽，做事情不会深思熟虑。"修司把话题又重新拉回到女儿身上，"以前就经常跟在卖金鱼的摊贩老板、沿街表演的杂耍艺人后面走。最后迷了路，回不了家了。"

"……"

"这次也是被一个可恶的'杂耍艺人'给缠住了!"
说到这里,两个人不约而同地叹了口气。

高岛家园这边又是另一番景象。

石泽身穿一件鲜艳的格子上衣,脖子上围着彩色围巾。他一边哼着小曲一边走进公寓一楼大厅。伴着曲子的节奏,脚下的步伐仿佛是在舞动。这时,一位母亲牵着一个三四岁的小女孩从公寓里出来,刚好与石泽擦肩而过。小女孩像是个外国洋娃娃,可爱极了。

石泽夸张地蜷着肩膀,像是在说:"哇喔!怎么这么可爱!"他迈着轻盈的步子走过去,然后突然一个转身又打量了一番小女孩,然后才像跳着舞似的走进了电梯。石泽那轻佻的动作简直跟杂耍艺人一模一样。

来到房间门口,石泽按响了门铃。屋里没有人回应,于是他只好自己取出钥匙开门进去。

盐子并没有在屋里。桌子上放着一张纸条。

纸条上写着:"我回家拿些换洗的衣物。"

一种不安油然而生。石泽像是要把纸条吃掉似的盯着看了很久,然后深深地叹了一口气。

金子精疲力竭地把两个大购物袋往地上一放，直接就蹲在了门口。两只大大的袋子塞得几乎快要撑破了，里面是她从超市买来的大葱、厕纸等很多东西。

金子喘着粗气，刚要拿出钥匙，只听见屋子里传来一阵急促的脚步声。透过门口的磨砂玻璃，她看到阿高正站在楼梯口。

"回来了！妈妈，回来了！"阿高压低声音说。接着传来楼梯嘎吱作响的声音。

"姐，你快点！快从厨房走！快点，从厨房！"

金子这才恍然大悟，于是从地上一下子蹿了起来。她用身体把栅栏门撞开，然后甩掉脚上的草履，拼命地向侧门跑去。

金子刚要伸手打开侧门，正好碰上从里面开门出来的盐子。盐子手里提着一个波士顿包和两个大纸袋，阿高一脸不知所措地站在她身后。

金子气喘吁吁地跟女儿打招呼："欢迎回来。"

母女二人默默地相视了一会儿。

盐子首先恢复了平静。她故意挑衅地说："我是该说'我回来了'，还是'我要走了'呢？"

"你要去哪里？"

"不问,您应该也知道吧。"

金子还喘着粗气,瞪大眼睛怒视着盐子。

"我要去石泽的公寓。"

"去干什么?"

母亲的这句话突然激起了盐子的怒气和羞愧。盐子放声大笑,那笑声异常尖锐。

"哪有父母问这种问题的!"

"正因为是父母才要问啊!"

金子摆出一副坚决阻拦的架势。

这时,一位邻居太太刚好经过,隔着矮墙跟金子打招呼:"最近天气变冷了呀!"

金子连忙挤出一丝笑容。

"真的是,早晚还是挺凉的。"

邻居太太走远后,金子又恢复了之前凶神恶煞的模样。

"不管是以什么样的方式,离开家对于一个女孩子来说,就跟出嫁一样。可你,这算什么呀!像个盗贼似的,偷偷摸摸,还要从侧门逃走……你不觉得丢人吗?"

"……不觉得呀。"盐子不高兴地把脸一转,"像您这样相亲结婚的人，办结婚典礼前的晚上不是也纠结过干脆不结了吗？相比之下，我倒觉得奔向自己喜欢的人那里要纯粹多了。"

"让人为你痛哭流涕也配称得上纯粹？！"

"这完全是两码事好吧！您不要搁在一起讨论！"

盐子想要从母亲旁边挤过去。金子一把抓住女儿的手腕，紧抱住想要脱逃的盐子。

"等一下！"

"干吗！"

"你如果非要忤逆父母离家出走，那就空着手走吧！"

盐子停止了挣扎，吃惊地望着母亲的脸。

"这些东西全都是你爸辛辛苦苦用血汗换来的……他一个二流大学出身的人，既没有像样的亲戚，又没有什么门路，就单凭他自己那股子认真劲儿，在公司里咬牙坚持才干上来的……"

"这有关系吗？"

"有关系呀！当然有关系啦！就算是一件普通的毛衣，那也饱含了你爸的辛苦。把这些东西买给你，可不是为了让你跑去跟一个有妇之夫厮混！"

"我听明白了！这样总行了吧！"

盐子一气之下，把波士顿包往地上一扔，然后把纸袋调转过来，将里面的东西全都倒了出来。一时间，各式各样的毛衫、短裙散落一地。

盐子扔掉纸袋后，打算跑出去。结果金子冲上去用整个身体阻拦她。

"好疼！您这是在干什么呀！"

"你拿走吧……"

"我不需要。"

"拿去吧……我想过了，父母抚养孩子的义务要到二十岁才结束。"

"那在成人仪式前买的东西，我就可以拿走咯？"

金子蹲到地上，把散落在地的衣服重新捡起来，拍了拍上面的灰尘。

"这件是前年买的，不行。这一件……是成人仪式的时候买的吧？"

金子一件一件地把衣服递到盐子面前。

"这件……嗯，这件是……"

"这是我自己买的。"

盐子伸手要去拿那件手工编织的毛衣，可是金子突然把手缩了回去。

"这件是我买的！是我在橱窗前看到了，觉得挺适合你才买回来的，结果你穿了太大……"

金子抖了抖衣服上的灰，重新把它装进袋子里。

"别感冒了。"

她把纸袋递给盐子，小声念叨。

盐子呆呆地在原地站了许久。

阿高在一旁目睹了母女俩的争吵，不知该如何是好。

修司一本正经地翻阅着大川交给他的文件。

"原来如此，果不其然，原来如此。"

虽然这样煞有介事地反复说着，可连他自己也不清楚哪里"原来如此"了。至于文件，他根本一点也没有看进去。

"原来如此"——果然是一句万能的日语说辞。

修司一边感慨这样一个奇妙的发现，一边继续念叨着："原来如此，果不其然，原来如此。"

大川一脸迷惑地问：

"这样可以去打印了吗？"

"原来……"修司说到一半，回答大川，"那就拜托了。"

大川拿着文件回到自己的座位上。修司突然抬起头，刚好看到睦子停下手头打字的工作，正担心地望着他。于是他慌忙地移开了自己的视线。

自从女儿离家出走，修司就一直在考虑女儿和石泽的事情。接下来事态会怎样发展？他究竟该怎么办？修司的脑海里浮现出各种画面。

在高岛家园石泽的房间里，修司和金子，还有盐子和石泽都在场。修司突然间用力把石泽打倒。盐子想要袒护石泽，也被修司打中。金子跟着阻拦，结果也被他猛地撞到了一旁。之后，他又在石泽身上痛痛快快地拳打脚踢了好一阵。

修司内心的烦闷多少平复了一些。

——不行，这样可不行。

修司连忙赶走了这些幻想。这样做只会让事情更难解决。

于是……一个全新的画面又浮现在眼前。

修司双手伏地、额头点地，苦苦地哀求着石泽，还不惜在他面前落下了男儿泪。

——混蛋，怎么可能！我怎么可能向那种家伙低头！

修司在这次幻想的画面上打了一个大大的叉!

——这样如何?

修司掐着石泽的脖子,把他的头往洗抹布的水桶里按。他大发雷霆,不停地把石泽的头按下去。石泽噗噗地吐着水泡,向他求饶:"伯父,对不起!"

"谁是伯父!谁是伯父!"

修司大喊,继续把石泽的头按到水桶里。

"你这种人,根本就不配叫我伯父!"

说着,修司又把他按进了水里。

——真想像这样好好地教训教训那个家伙。

修司故作淡定地翻阅着手里的文件。但实际上,他还是决定要再观望观望。他也命令金子"不要轻举妄动"。

"现在还需要等事态再平息平息,不能主动先采取行动。弄不好,反而搞得事情发展到不可挽回的地步。"

今天早上出门之前,他还这样劝说妻子。可话虽这么说,修司还是感到坐立不安。他的手不知不觉就放下了文件,拿起电话听筒。

电话打到了石泽的事务所。呼叫音过后,里面突然传来录音机播放的嘈杂音乐。

"啊，石泽……"接电话的是前几天修司见过的那个文雅男人，他喜欢在句尾拉长音。

"嗯——什么？我们老板呀！哈哈……哈哈……"男子发出一阵轻佻的笑声，"在他的秘密基地，工作室呢！您是哪位？"

修司"咔嚓"一声挂断了电话。

他明明跟妻子说过不要轻举妄动，自己却忍不住打了电话，实在是可悲。修司一边自嘲，一边再次拿起电话。

这次他拨通了高岛家园的号码。里面很快就传来了石泽那兴奋的应答，仿佛他已经恭候了许久似的。

"喂喂！喂！"

修司紧握着听筒，陷入迷茫。一时间他也不知道该说些什么。

"喂喂——"石泽在电话里继续喊着。修司透过听筒能够感受到他的紧张。

"喂喂……"石泽第三次询问的声音里带有几分警惕的意味。

修司依旧保持沉默。耳边传来"呼呼"的奇怪声音，那是石泽在对着话筒吹气。修司下意识地用一只手捂住了耳朵。他皱起眉头,刚要挂掉电话,突然模仿起石泽,也对着通话口吹起了气。

听筒另一端,石泽也捂住了耳朵,气愤地挂掉了电话。但挂掉电话之后,他突然感觉有些不安。刚才这通电话莫非是妻子阿环打来故意跟他怄气的?

石泽犹豫再三,拨打了电话。几声呼叫音过后,阿环接了电话。

这一天下午,阿环陪女儿度过了一段慵懒的时光。她既没有化妆,也没有在意穿着,拿起电话也是充满了倦怠感。

"这里是石泽家。"

"……是我。"

"怎么了?"

"嗯?没什么。"

"少见呀。你竟然还会给家里打电话。"

"嗯?哦。不是,朝子没事了吧?那个,你不是说她有点发烧吗?"

"好像没什么大碍了。幼儿园再歇一天应该就好了……"

"是吗?"

"是爸爸吗?"

听筒里传来朝子的声音。

"嗯,不知道他怎么回事。"阿环对女儿说道。

"……那就这样吧。"

石泽放下听筒,歪着头想,不是她的话……那会是谁呢?

想了一会儿,突然闪过一个念头:难道是……

他的脑海里浮现出修司的脸庞。

下班铃声响起,第二物资部的员工们一齐开始收拾东西准备下班。大川领头,其他人依次跟修司打完招呼离开公司。修司也拿着外套站起身来。

这时,睦子走了过来。她把打好的文件放到修司的办公桌上。

"好的,辛苦了!"

修司接过文件,粗略地翻看了一下,准备把它放进抽屉里。睦子站在一旁默默地注视着他。要转身离开时,她小心翼翼地避开其他同事的耳目,低声对修司说了一句:"部长,您好像很疲惫呀。"

"是有那么一点。"

修司苦笑着说。

这个时候是最危险的,修司心里一揪。只要自己说上一句"一起吃个饭怎么样",睦子肯定会兴高采烈地跟过来。修司一方面提醒自己现在可是非常时期,不是时候。但是另一方面,他想要跟睦子约会的炙热心情,就像滚烫的开水一样在内心沸腾。可真要是约出去,肯定不只是简单地吃顿饭而已。万一发生了那种事……自己还有什么脸面去教训女儿?这也是修司感到不安的原因所在。

睦子回到座位后,开始准备下班。修司一边用余光追随着睦子的身影,一边脱掉拖鞋换上了皮鞋。

"那我就先走了!再见。"

修司故意提高嗓门。说完,便径直向门口走去。

"明天见!"

剩下的同事们一齐向他道别。修司打开门后,又转过身来对大家说了一句:"大家辛苦了!"

他有意没让自己再看向睦子,而是直接走出了办公室。

出了公司,修司本应该直接回家。可他实在不想面对自己的妻子。女儿离家出走之后,这个家就像是一把掉了齿的梳子一样残缺不全。这时，修司脑子里闪过一个想法。他决定去"梅干"喝上一杯。

"梅干"店里还没有来其他客人。修司坐在柜台前，点了一壶热酒。

庄治和须江面露难色，却没有开口说些什么。庄治默默地往酒壶里倒酒，须江则一边略带恐惧地望着修司的背影，一边往调料瓶里加酱油。

"最近他们来过吗？"

修司突然发问，把那对夫妻吓了一跳。

"嗯？"

"那两个人……就是石泽和我们家盐子。"

夫妻俩对视了一下。

"没、没来呀。"

"最近他们好像一下子消失了……"

"是吗？嗯，不过也是。他们自己已经租了公寓，没必要非得来这里见面了。哈哈哈……哈哈哈哈……"

修司发出了一阵颤抖的笑声。

尴尬的沉默在空气中蔓延。只听见水壶里水煮沸的声音格外响亮。修司实在难以忍受这种沉默，于是猛地喝了一大口酒，突然把酒杯递过柜台。庄治摆了摆手，拒绝了他。

"你也很能喝吧?"

"不、不……"

"不喝我敬的酒?"

"实在受不起啊,"看到修司一脸伤感,庄治补充道,"我们实在是对不住你。"

修司痛苦的表情已经扭曲,他把酒杯重新收回来。

"感觉这家店呀,就像是一个把他们拢到一起的括号。"

"起初其实没出什么问题。"须江语气沉重地说着,"我也提醒过她,'小盐呐,你可得小心那个人'。可就因为我这一句话,盐子就不来店里了。"

庄治无精打采地垂下了头。须江接着说:"毕竟她管我们也叫'阿爸''阿妈'……啊,在亲爸面前这样说有点抱歉啦!"

"你们的孩子呢?"

"我们没有孩子。"须江瞅了庄治一眼,说道,"这个人,就没有种。"

庄治依旧沮丧着脸一声不吭。

"小时候他得过腮腺炎。所以就……哎!"须江突然大叫一声,"不是有那种无籽西瓜嘛!那个东西是怎么繁殖的?明明也是没有种子呀!"

"无聊……"

庄治小声嘟囔。修司露出了苦笑。

"这世上有些事是想不明白的!"

修司再次把酒杯递出去,强行塞进庄治手里,然后给他斟满了酒。

"刚听说这件事的时候,我其实挺恨你们的。明明是开酒馆的,怎么就干起了拉皮条的勾当呢?"

"什么'拉皮条的勾当'呀!"

"哎呀,你听我把话说完嘛!我当时是那么想的,但是。听到了没?'但是',仔细想想,也没道理这样怪你们。他们都不是小孩子了,我不该把责任都推到别人身上。最关键的是,你们就算是劝了她,他们要是想见面,在别的地方也一样能见……"

"就算是那样,帮他们找公寓的事也还是不应该。"

修司稍稍显得有些不悦:"这一点确实荒唐。"

"他这个人呀,根本就不知道吃喝嫖赌是什么滋味。您看看这张脸就知道了。当然,这个也……"须江用手指比画出硬币的形状,"没有,再加上我又是个……"然后又在自己的头上比画着两根犄角的样子，暗示自己管得紧，"所以，就因为这些，你呀，在这次小盐的事情上，就跟自己搞外遇似的前后张罗！"须江以略带责备的口吻说着。

庄治板着脸反驳道："那是在说你自己吧！不是你说的吗？'有生之年哪怕一次也好，真想体会一把恋爱的滋味。'你也在这里面夹杂了自己的小心思吧！"

"她爸，你倒是把自己撇得一干二净。"

"喂！"

夫妻俩争吵着。修司在一旁不知不觉又把酒杯送到了嘴边。两个人注意到修司的神情之后，面带惭愧地相互对视。

修司什么也没说，继续自斟自饮。他斟酒时，不小心倒得太满，酒溢了出来，于是便端起杯子喝了一大口。苦涩的滋味随之在嘴里蔓延。

几乎在同一时间，古田家的餐厅里，金子正在照顾阿高吃晚饭。

这时，墙壁上的挂钟突然响起。金子看了看钟表，然后视线便开始在空中游移。

"现在的语文课都在讲些什么呢？"

阿高没有回答，只是咯咯地笑着。

"笑什么呢？"

"昨天晚上您也问过同样的问题。"

"是吗？"

一阵沉默过后，金子再一次看了看表。

"那我也吃吧。"

金子盛好饭，放到餐桌上，紧接着深深地叹了口气。

"吃饭之前唉声叹气的也没用呀。"

金子一边自嘲，一边把饭塞进嘴里。米粒在嘴里就像沙子一样，食之无味。

当天晚上，修司喝得烂醉如泥。庄治和须江把他扶进里面的房间，让他靠着被炉睡下了。

过了一会儿，须江过来看了看情况，发现修司正在酣睡。她刚要给他盖上被子，只听到修司嘴里说起了梦话："这个时候，半七呀，你在何处？又干着什么……"[1]

"真是优哉，还能说梦话呢。"

---

[1] 日本戏剧木偶净琉璃《艳容女舞衣》中的唱词选段。主要剧情为女子阿园的丈夫半七与情妇三胜私奔，下落不明。

须江回到前面的店铺，向庄治说了一下情况。

店里还有其他三位一起来的客人，他们也都已经喝得大醉，吵吵嚷嚷的。

"梦话？"

"说什么，'这个时候，半七呀，你在何处？又干着什么？'嘿嘿……他还说自己气得晚上睡不着觉呢，这不打着呼噜就睡着了。声音还挺响。"

须江一脸腻烦地说着，庄治却陷入了沉思。

"就光会说别人，自己还不是在那儿念叨'这个时候，半七呀'什么的。这都什么呀！"

"'半七'就是说他女儿，他女儿啦！"

"咦？"

"这个时候，她在干什么……都睡着了，脑子里还不停地想这个事呢。"

须江顿时瞪大眼睛，突然明白了似的。夫妻俩不由得同时向里屋房间望去。

"这个时候，半七呀，你……"

修司的呓语再次传来。夫妻俩相互看了看对方。

就在这时，一位客人拨开门口布帘，把头探了进来。

"对不起，马上要打烊了。"

修司的记忆只停留在了自己在"梅干"的里屋房间把脚伸进被炉为止，之后就一片空白了。他隐约还记得自己迎着夜风漫步。等清醒过来时，发现自己已经站在了高岛家园的楼前。

此时，公寓里的住户大部分已经熄灯休息了。四周安静极了。修司不禁颤抖着身体，连他自己都感觉有些莫名的恐惧。

——怎、怎、怎么会来这里了？我来这里干什么？

他自己也想不明白。现在要是闯进那个房间，必然会目睹自己最不想看到的画面。他明明非常清楚这一切，可两条腿还是不由自主地把他带到了这里。

"回家！回家！"

修司大声地对自己说。就在他刚要转身离开的时候，从公寓大门里走出一个男人。那个人正是石泽。修司马上横眉立目地望着石泽，随即飞快地蹿到他的面前。

"呜哇！"石泽吓得一个倒仰，然后小声说道，"伯父，您别吓唬我呀！"

"你要去哪里?"

"嗯?"

"我问你这是要去哪里?"

"我不是去哪儿,是回家。"

"回家?"

石泽突然感觉有些不好意思。

"我是……回家。"

"回家……是吗?"修司的表情有些扭曲,"好意思回去吗?"

"啊?"

"几天没回去了?那个家。"

仔细打量,看得出石泽俨然是一副刚刚起床的样子。或许是因为还没睡醒,他差点就打了一个大大的哈欠,无奈之下慌忙忍了回去。

"要说几天……昨天也回了。不是,其实回家嘛……我每天晚上都回……"石泽吞吞吐吐地说着,"一直回家。"

修司难以置信地眨着眼睛。

"这么说,你是每天晚上都回家?"

"嗯,基本上是。"

"把盐子一个人留在这里,你自己一个人回家?"

说完,修司一把抓住石泽胸前的衣服。

"伯父……"

这时,一位正要走进公寓的男子停下脚步望着他们。

"有人看着呢!"

石泽小声反抗,修司却不肯放手。

"你是在两头跑吗?"

"疼疼疼……"

"我有话跟你说,过来……"

修司抓着石泽的衣服,拽着他往前走。

"这是去哪儿呀?"

"那对夫妻开的酒馆。"

"那儿已经打烊了吧!"

"敲门叫醒他们,让他们开门就好了!"

"您也考虑考虑人家夫妻俩的年纪。这也太无辜了吧!都这个点儿了,您也太没常识了!"

"你都干了那么没常识的事,还说我?"

修司没有要改变主意的想法。

"能松一下手吗?您也太有力气了!"

石泽一边悲鸣不断,一边已在心里悲壮地做好了觉悟:今天晚上就要陪修司喝上一个通宵了。

两个人来到一家石泽熟识的兔女郎酒吧。

那些兔女郎穿着渔网袜,屁股上还装饰着白色绒球做的兔尾巴。店里响彻嘈杂的音乐,兔女郎们像游泳似的在店里来回穿梭。修司一脸不悦地挺着胸脯坐进包厢。他一边装出愁眉苦脸的表情,一边东张西望,不安分地望着兔女郎们。

石泽一会儿抬手向一位似乎是常客的男子打招呼,一会儿跟酒保点单说:"和平时一样。"好像有意炫耀自己在这里有多吃得开。

修司的身体已经僵硬不已。石泽给他递过来一支香烟。

"请!"

修司毅然决然地拒绝了他。

"渴不饮盗泉之水!"

"盗泉?"

"偷盗的盗,白水泉的泉。"

"这个我还是知道的嘛。"

石泽强烈反驳。修司紧跟着问他:"那你知道盗泉在哪里吗?"

"真的有这地方吗?"

"有啊,就在中国现在的山东省。孔子嫌那泉水的名字不好听,所以就不肯喝那里的水。"[1]

"您知识还挺渊博!"

听了石泽的吹捧,修司的态度大变。

"中学考试题里出过。"

"孔子吗?子曰……不过提到古文,我就不行了!"

"我不是来这里跟你讨论古文的!"

"我知道呀。不过,您连孔老夫子都搬出来了,还真是挺有意思的。"

修司猛地往前探出身子。

"有什么好笑的!"

兔女郎屁股上的圆绒球在两个人鼻子前面来回晃动。每次晃过的时候,修司内心都会有所波动。石泽看在眼里,觉得十分滑稽。

"要问哪里好笑,被您这样突然扑过来,我都不好

---

[1] 中国战国时期著名政治家尸佼的著作《尸子》中记载:"(孔子)过于盗泉,渴矣而不饮,恶其名也。"

说出口了……"

虽然一直被训斥、被痛打，但石泽总觉得跟修司这样接触时，内心莫名地有种温暖的感觉。而修司也是如此，尽管满腔怒火，可跟石泽在一起时，他总能感觉到一种前所未有的兴奋。

"你这算什么？都嘲笑完别人了，还有什么不好说出口的？快说！"

修司催促着。"嗯，呜……"石泽支吾道，"其实就是……"

石泽刚要开口，一位兔女郎正好从旁边经过。只见他迅速地伸手摸了一下那位兔女郎的屁股。修司当即皱起了眉头。

"石泽，你刚才在干什么？"

"嗯？"

"嗯什么嗯！我问你刚才在干什么？"

"啊？哦！您是说这个呀。"

石泽说着，模仿了一个抚摸的动作。

"比这个更过分好吧，你是这样！"修司也伸手去摸了一下从旁边经过的兔女郎的臀部。

"你应该是这样摸的！"

石泽苦笑。

"那又怎样？"

"你啊，抛妻弃子……算了，先不提孩子了。你抛弃跟你同甘共苦十年的妻子，不是爱上我女儿了吗？！"

"我是爱她呀！我要是不爱她的话，也不会被您这么可怕的老爸一次又一次地教训，还能像这样一起喝酒。"

"真是那样的话，你为什么还会做出这种事！"

修司又摸了一下路过的兔女郎的屁股。石泽望着借机揩油的修司，心里暗笑不已。

"哎哟，伯父，您手法不错呀！"

听到石泽的调侃，修司面露不悦，用力把石泽的手甩开。

"你太不严肃了！知道吗？！"

"您别这么大声嘛！"石泽有些尴尬，"这要是在电车里，肯定会被认为是色情狂在非礼，可在这里，这些都……"石泽又模仿了一次抚摸的动作，"都是花钱的，算在桌位费里了。更重要的是，你如果不摸摸她们的话，就等于在说她们的屁股不够性感，对这些姑娘很不礼貌。嗨!是吧?您看!"

几位兔女郎咻咻地笑着。

"您看吧?您就是太单纯了,没办法。"

石泽把目光拉回到修司那张一直板着的脸上。

"对了,我们刚才聊什么来着?"

"明明是你先提起来的,还问我?"

"哦?是我先提的吗?"

"说话都不正经。说连把孔老夫子都搬出来的男人让你觉得可笑什么的……"

"对对对。伯父,刚才说的是那件事。我说完每晚都回家,您就突然脸色大变,就像这样抓住了人家胸口这儿的衣服……"

"不是。那是……那个……就是……我以为你一直在公寓那儿陪着盐子,根本就没回家……所以就觉得对不住你老婆。"

自己原本是想让女儿跟他分手的,所以修司很难开口说出"不要丢下我女儿自己回家"。修司意识到了自己内心的矛盾,所以变得有些语无伦次。

石泽毫不在意地说道:"我每天晚上都回去,所以您也没必要过意不去……"

修司瞪了石泽一眼，只见石泽"嘿嘿嘿"地笑着跟他打马虎眼。

"难怪伯父您会生气。每天到了晚上，女儿爱上的这个男人都要回家。自己的女儿当初是丢下父母从家里出来的，现在却要一个人独守空房。盐子的心情会……"

修司连忙辩解："不是，我可没这么想。"

"伯父！人的感情，本来就没办法用道理来讲清楚的。我呢，对这个也是真心，对那个也是实意。"

见修司无言以对，石泽继续说："如果只能真心爱一个人，我倒觉得不合情理，那是骗人的。"

"反正你就拣着对自己有利的说呗。"

"有吗？"

"就是！"

"话又说回来了，伯父，您到底是希望我不回家，一直跟盐子泡在公寓里，还是希望我回家呢？"

修司不知该如何回答。他也不清楚自己究竟希望的是哪一种。

修司把嘴撇成一个八字，石泽往他嘴里塞了支香烟。

"确实哪个都不愿意看到。"修司夹着香烟说道，

"这件事本来就是个错误！"说着，他又深深地吸了一口烟。

"您这表情太妙了！伯父，您这副无所适从的样子，简直让人陶醉。"

"你别张口闭口'伯父、伯父'的叫我！"

"哎哟，这不挺好的嘛！正是这种奇妙的缘分把咱俩凑到了一块儿。您就让我这样叫您吧！"

修司其实并不讨厌石泽这样称呼自己。但是对于自己竟然不讨厌他这么叫，修司感到异常气愤，甚至是厌恶。

"你呀，还是跟你岳父去套近乎吧。"

"我老婆没有父亲了。"

"那就去找你自己的父亲说。"

"我吗？我连自己父亲长什么样都没见过。"

修司一时间无言以对，只是默默地凝望着石泽。

"……我真的是太爱了！"

"想在长辈面前秀恩爱，就先去创造一下能秀恩爱的条件。"

"您又把话题扯哪儿去了……我说的是，我太爱您了！"

"你别吓着我！"

石泽笑着，又向兔女郎要求追加了一些酒。

虽然始终板着脸，但修司也很享受自己和石泽的谈话。他心里虽然一直盘算着，碰到石泽，要呵斥他这个、教训他那个，可就是发不起火来。不，准确地说，修司内心也在生气，可就是莫名地想跟这个男人一直聊下去、一起待下去。这种感觉就像是在跟自己的大儿子或是亲弟弟一块儿喝酒一样。

——我到底有没有认真地考虑过女儿的将来？

想到这里，修司脸上突然露出自嘲的笑容。

直到深夜，修司才醉醺醺地回到家。一进门，他就倒在了玄关处的台阶上，嘴里还饶有兴致地哼着小曲，手上抓着石泽在银座给他买的一束花。

"小酒还是温热的好，鱿鱼还是烤花枝妙……"

"应该是'酒肴'吧？"金子一边帮丈夫脱掉鞋子，一边纠正歌词道。

"啊？"

"应该是'酒肴还是烤花枝妙'吧？"

修司睁开一只眼睛说："我就是这样唱的呀！"

"你唱的是'鱿鱼还是烤花枝妙'。"

"哪有那样的歌词呀!"

"你自己唱的,还说别人……"

"鱿鱼还是……"修司刚一开口唱,便抱怨起来,"你看!都怪你多嘴,我这才唱错了吧!"

修司晃晃悠悠地起身,向客厅走去。

"你这人!简直无可救药。还唱什么'鱿鱼还是烤花枝妙'。"

金子虽然嘴里唠叨着,可内心并没有生气。

她拿起丈夫的皮包和花束,跟在他身后。

"女儿那边搞得乱七八糟,你这个当爸的倒优哉游哉。"金子满腹牢骚。

"喂,水!我要喝冰水!"

"你还挺高兴的!跟谁喝的酒?我说,这花是怎么回事?"

修司没有回答。喝过水后,他顺便吃了些胃药,换上睡衣,才回到客厅坐下。然后,他把今天晚上的事情讲给了妻子听。

金子一边把花束插到花瓶里,一边埋怨他。

"你还叫别人'不要轻举妄动',别主动给他们打电话。可你自己呢?"

"我也不愿意跟他一块儿喝酒呀。这不,就算是制订作战计划,也得先去了解一下敌情嘛!"

"所以就去唱'鱿鱼还是烤花枝妙'啦?"

"互相干瞪眼不是没办法谈嘛!要想敞开心扉地聊,怎么着也需要点酒嘛!"

金子什么也没说,只是"啪"的一声把花枝剪断。

"这些都不是重点。"修司继续说,"我听那个家伙说他每天晚上都回家的时候,简直都快……"

修司刚想说自己都快气炸了,结果金子却抢先说道:"太好啦……"

修司吓了一跳。

"你刚才说什么?"

"我说'太好啦'。"

"你这个人,有没有替盐子设身处地……"

"还有希望!"

"嗯?"

"那个人不会抛弃家庭的。他一直回家,就是还给自己留有余地,维护自己作为丈夫的颜面。"

"道理是这么说,可是……"修司迟疑了一会儿,又鼓起勇气继续往下说,"咱们孩子抛弃家人,跑去跟那个男人……作为父母虽然不该这么说……但是,每天晚上十二点一过,对方就要跑回家,留下她独守空房,你不觉得这也太可怜了吗?"

"这种情况,在她离家出走的时候就应该做好了思想准备的。"

"你这个当妈的,可真够狠的!"

金子生气地说:"孩子他爸,你难道想让盐子一直像现在这样当别人的情妇,见不得人吗?你愿意吗?!"

"我要是愿意的话,现在就不费这个劲了。"

"既然如此,那个家伙要是不回家,我们才不好办呢。他如果抛弃了家庭,一直跟咱们盐子腻在一起,对盐子来说,也就是暂时的幸福吧。但是那样的话,很可能就成'拉锯战'了。现在这样虽然可怜了一些,可是让那孩子尝尝苦头也好!最好是让她体会一下孤枕难眠、以泪洗面的滋味!"金子越说越激动,"这样,反倒对他俩都好。"

金子斩钉截铁地说着,"啪"的一下又剪断了一根花枝。

修司一脸诧异。

"你这是在吃醋吗？"

"吃醋？吃谁的？"

"盐子的呀！作为一个女人，你在吃盐子的醋……"

"简直荒唐。你在说什么呢！"

"不然，你也没必要瞪眼吧？"

"我可没瞪眼。瞪眼的是你吧！"

"我？"

"孩子他爸，倒是你最近一喝醉就瞪眼。"

修司不由得拿起茶叶罐，用盖子照了照自己的眼睛。

"你拿那个照，哪儿看得见呀！"

金子说着，"啪"地又剪了一下。这次竟然把带着花朵的枝杈剪断了。

"别冲花撒气呀！"

"我没撒气。这花是那个家伙买的吧？收下这花的人也是有毛病吧。"

"他也是想表示一下歉意嘛。"

"跟谁表示？"

"跟你呗。"

金子鼻子里哼了一声。

"……我可不是一束花就能糊弄的！"说着，金子突然看向丈夫的脸，"孩子他爸，你怎么总帮着他说话呢！"

"别开玩笑了！说实话，我本来想这样的。"修司挥起拳头，摆出一副要揍人的架势。

但是金子一脸狐疑，揶揄道："结果呢？变成'鱿鱼还是烤花枝妙'啦？"

修司无言以对，只好冲着茶叶罐挤眉弄眼，顺便翻开眼皮检查了一下。

金子目不转睛地看着丈夫。

"你好像一点也不排斥跟那个人见面嘛。"

"啊？"

"虽然嘴上说这说那的，可你心里还是挺高兴的，不是吗？"

"你这个人……"

金子打断了丈夫的话。

"孩子他爸，你呢，因为没有兄弟……跟阿高也很少聊天。"

"在说什么呢！你根本就不知道别人的辛苦。"

金子压低声音，话里有话。

"你就是被我说中了,才在这儿发脾气来打马虎眼……"

"哎……"修司很不自然地大声说道,"我也是在努力想办法解决问题嘛!"

他用眼角瞥了一下正在气头上的妻子,然后站起身来。

"我去睡觉了。"

说着,他踉跄着走出了客厅。

这天晚上,石泽也是醉醺醺地回到家。

"小酒还是温热的好,鱿鱼还是烤花枝妙。"

石泽哼着小曲走进门口,直接把花束递给了出来迎他的阿环。

"怎么回事,这是?"

阿环一脸疑惑地看着花束。

"那个人呀……"石泽回想起来,忍不住窃笑,"让我买束跟他一样的带回来,就是不听我的。"

"你还有态度强硬的时候?"

阿环把"那个人"误以为是石泽的情人,一脸不悦地说道。

"嗯？"

石泽不解其意。阿环更不痛快了。

"你给那个人买了一束花，她是不是觉得过意不去，然后跟你说'给你老婆也买上一束一模一样的带回去'？"

阿环把花顺势扔到了地上。

石泽连忙把花捡起来说道："他是个男的！"

"男的？你难道还有那个癖好？"

"别瞎说！是她爸……"刚说到一半，石泽突然含糊其词地解释说，"是事务所女同事的爸爸，我跟那个人一起喝的酒。"

阿环点了点头，应了一声"是这样啊"。

"那个人是干什么的？上班族吗？"

"嗯？你是说她爸爸？上班族里的上班族，从骨子里就是一个上班族。"

"多大年纪了？"

"五十……再过两三年就退休了吧。"

"是领导层？"

"也就升到部长吧，估计很难再往上升了，那个人太刚正了。"

见石泽喝得大醉，阿环便借机盘问起来。

"真有那么刚正？"

"'做人嘛，就得那样'，他就是那样'啪'一下子认定了，什么旁门左道一概不准。"

"跟你正好相反呀！"

"是呀！我一直被他教训。"

石泽虽然这样说着，可看上去还是挺开心的。

阿环满腹疑惑地看着石泽那欢快的样子。

"八成是你被抓到什么把柄了吧？"

石泽没有理会她，自顾自地嚷着："水！给我杯水！'鱿鱼还是烤花枝妙'，哈哈，哈哈哈哈……这年头还真有那种品行端正、学业优秀的人……"

"那他老婆可真是有福了。"

"难道你不一样吗？不对，我刚才说他品行端正了，但他也有不少糟心事呦！"

"什么糟心事？"

石泽得意地在妻子面前模仿拳击的动作。

"虽然他没有像这样猛的一拳击倒对方，可是会时不时地挑逗挑逗，觊觎着自己手下的女职员。他那种人，要是稍微有那么一点胆子，估计现在就跟我一样了……"石泽说着，突然意识到自己的话说得有点多了，"说到底，男人嘛，都是一丘之貉。"

"怎么感觉你和那个人很谈得来啊？"

"就是因为我俩风格迥异，才会聊得来吧。"

"这话听起来怎么有点像是秀恩爱呢？"

"秀恩爱？对方可是个男的！"石泽摇摇晃晃地向卧室走去。穿过走廊时，他又哼起了那支跑调的小曲，"鱿鱼还是烤花枝妙"。

阿环望着丈夫的背影，脸上露出复杂的表情。

六

第二天,金子把阿环约到一家咖啡馆。

这一天,阿环看上去比第一次见面时多少用心打扮了一些,头发梳理得也很整齐,还化了淡妆。

"百忙之中,真是抱歉了。"

两个人面对面坐在靠里的一个包厢,正在等待服务员把咖啡送来。金子再次低头表示歉意。

"哪里,我一点都不忙。"阿环爽快地回答。

"反正他也不在家吃晚饭,连澡都在外面洗好才回来。所以老婆该做的那些事,我什么都不用做。"

"真是对不住你了。"

金子不由得又道起歉来,阿环露出一丝苦笑。

"他又不是最近才开始这样的,所以您没有必要道歉。不过我这样说,您作为母亲,可能会觉得不愉快。"

"哦?"

"听到在和您女儿之前石泽还有过别的女人,您还是会有种屈辱的感觉吧？即便他对之前的女人都是逢场作戏，您肯定还是会希望他唯独对您女儿是认真的吧？"

"怎么可能！他要是真的爱上我女儿，那才难办了。"金子看到阿环一脸诧异，继续说，"我听说您先生现在每天晚上都会回家。"

"托您的福，回倒是还回来……"

"听到这个消息，我真是松了口气。感觉'没问题，还有门路'。"

"有门路？"

"让您先生回家的门路。"

金子望着阿环。

"您呢，也对他再体贴一点。"

"……"

"您五官长得那么标致，只要再稍微对他好一点点就……"

"您是说，这样我先生就不会搞外遇了？"

金子一时间不知该如何回应，但很快她又继续说道："您先生呀，他也觉得自己做得不对，心里过意不去。可当他回到家，要是看到自己老婆披头散发，眼角还有眼屎，一副懒散的样子走出来……"

阿环的面色有些不悦。

"您是在说我吗？"

"不是不是，我只是打个比方。"

"那我倒要请教请教，要是您会怎么做，用什么方法？"

"嗯？"

"要是您家先生……搞了外遇之后，回到家的时候。"

"我家先生，可从来没动过这个心思。"

阿环窃笑。

"您果真这么认为？那夫人您可真幸福。"

金子不解其意，于是阿环继续说："我家先生呀，昨晚好像跟一个为人特别刚正的人一起喝的酒。那是位马上就快退休的上班族，说是一家公司的部长，是个品行端正的正人君子。呵呵……呵呵呵呵，可那又怎样？扒掉这层外皮，还不是跟手下的女职员偷偷摸摸搞暧昧。简直太可笑了。"

金子虽然内心一惊，但是并没有表现在脸上。

"'偷偷摸摸'是什么意思？"

"嗯，应该就是不像我家先生那样明目张胆吧？"

"那倒是，一般的上班族可玩不起跑去租公寓的招数。这样一看，手头有钱随便花也是有利有弊的。"

"确实。不过，要说'偷偷摸摸玩暧昧'跟'明目张胆搞外遇'，哪个更罪恶，我倒觉得半斤八两。"

金子想要反驳，可又把已经到了嘴边的话咽了下去。

阿环有意想为难金子，于是变本加厉。

"至少明目张胆地搞外遇，还是会丢尽颜面的，他们就算遍体鳞伤也还在抗争。从这个角度来看，偷偷摸摸玩暧昧的，只是道貌岸然地装出一副好丈夫、好父亲的样子罢了。您不觉得那样其实更狡猾也更阴险吗？"

金子气愤地反驳道："可要说给别人添了多大麻烦，应该还是'明目张胆的'更胜一筹吧？就像我家女儿现在这样……"

"虽然说被诱惑的一方也有责任，不过，会不会就是因为父亲太过刚正，您女儿才会被另一种完全不同的魅力所吸引呢？您不觉得吗？"

"哎，我也不知道我家先生昨晚到底跟谁喝的酒。单凭这种假设做出的推断，我都不知道该如何回答是好……"

"小酒还是温热的好，鱿鱼还是烤花枝妙。"

阿环低声哼唱。金子听了猛地一惊，倒吸了一口凉气。

一阵凝重的沉默在空气中蔓延。过了一会儿，阿环抬起头，突然小声地说："对不起……"

听到阿环那寂寞的语气，金子吃惊地望着她的脸。

"我其实就是觉得委屈……"阿环想要解释，继续笑着说，"仔细想想，我们都是受害者，所以我没必要生你的气……"

"的确……"

阿环也点了点头。

"要是没有孩子，我可以主动退出的……"

"呵呵，您这是在说违心话吧？"

阿环吃惊地回看金子。

"夫人，您很爱您先生吧？"

"……"

"我这么多年的盐巴可不是白吃的哦！"

阿环露出一脸无力的笑容。

金子不由得向前探了探身子。

"夫人，我呢，无论如何都会让您先生回归家庭的！"

"……"

"如果不这样做,这个社会简直就没有天理了。"

阿环把头转向一侧,眼睛里噙满了泪水。

看到阿环的眼泪,金子暗下决心,一定要想尽办法把自己的女儿拉回来。

这一天,佐久间来到《娱乐世界》编辑部。

"麻烦您,找一下古田盐子小姐。"

"哦,芝麻盐吗?芝麻盐呀,她累趴下了。"

负责出来接待的美南说道。佐久间大吃一惊。

"累趴下了?怎么回事?"

"她身体突然就不舒服了。本来说要歪在那个沙发上歇会儿的,可是你瞧瞧,我们这儿进进出出的人太多了,她就到附近去休息了。"

"附近?"

"就在后街上的一个小酒馆。"

"地址在哪里?"

美南摇摇头,看上去有些为难。

"请告诉我吧。"

"你最好还是别去了。"

"请你就告诉我吧。"

"……"

"拜托了。"

佐久间的语言非常平和,却充满了强势。美南被他逼到墙角,终于坦白了。

佐久间从美南那里打听到"梅干"的地址后,急匆匆地奔了过去。在佐久间的再三恳求之下,庄治和须江夫妻俩没办法,只好把他带到里屋房间。

盐子果然无精打采地躺在里面。

"要是感冒的话,还是回去休息吧。"

佐久间跪坐在这个日式房间的角落,担心地跟盐子搭话。

可是盐子并没有理会他。

"回到'家'……喝点热乎乎的菜粥,再好好地睡上一觉,肯定就会好的。"

"……"

"据说最近的感冒也是顽固得很,一旦耽误的话就会……"

"我不是感冒。"

盐子突然打断他。

"我没有生病。"

"啊?"

佐久间脸上写满了诧异。

"……就是自然现象。"盐子抬起头,看向佐久间说道,"我有孩子了。"

"……孩子?"

佐久间顿时无言以对。

"真是不可思议,"盐子发出沙哑的笑声,"面对着你的时候,我好像什么话都能说出来,会把自己最真实的状况和想法统统告诉你,就是想看看你为难的样子、痛苦的表情。这究竟是怎么回事呢?"

佐久间一动不动地望着盐子。

"我特别想把那些烦心的事情一股脑地全都告诉你,让你更加为难。真是奇怪,连我自己也不清楚这是为什么。"

"这孩子,你打算怎么处理?"

"我想生下来。"

佐久间一脸痛苦的表情。

"我又让你伤心了……"

两个人突然相互凝望着对方。

庄治和须江夫妻俩正在外面悄悄地听着这两个人的谈话。

"给你们当介绍人？"
修司反问道。
前些日子把礼单递到修司手里的那对同事站在修司的办公桌前，正向他深深地行礼鞠躬。大川自诩是婚礼顾问，也站在他们两位的旁边，跟着一起鞠躬。
"拜托您了！"
"你们不是已经邀请大学时代的老师当了吗……"
"那位老师因为高血压病倒了，师母碰到这情况，身体一时也有点不舒服……"
修司大声喊道："可明天就是婚礼啦！"
"那时候您只要站在那儿扮演一下介绍人就行了。"
"就当个电线杆或是邮筒？"修司苦笑着说。
"还得拜托您和夫人一起。"
"拜托您了！"
"知道了，"修司郑重地点了点头，"交给我吧。"
"太感谢您了！"
那对新人欢呼起来。

"一会儿把简历介绍之类的资料送过来……"

大川说着，催促两个人回到了自己的座位。

修司坐在椅子上，深深地叹了口气。这时，突然有人把一份文件递到他眼前。修司一看，正是睦子。她要把打好的文件交给修司，所以好像一直在旁边等着刚才那三个人返回座位。

修司刚要接过文件，睦子从上衣口袋里迅速取出一个信封放到上面，随后行了个礼便回到自己的位子上。

信封上写着"辞呈"两个字，修司不禁大吃一惊。

睦子想要换工作的事情，前些日子她就找修司谈过，可他却一直没有正儿八经地替她参谋过。这封辞呈是否应该看作是她在向自己示威呢？修司不禁感叹，女人可真是善于耍手段、玩花样。

修司拿起文件，走向睦子的座位，故意大声道："宫本，抱歉！这个文件再打一份！"说完，他低声补充道："今天晚上，老地方吃饭……吃个饭……"说着，他又把手放在睦子肩上，用力揉搓着。

睦子接过文件说："好的。"然后用打字机敲出"我会去的"几个字。

当天晚上，在涩谷公园大道上一家雅致的小餐厅里，修司和睦子共进晚餐。修司一边吃着，一边诚恳地替睦子分析。

"辞呈呢……"他拍了拍上衣口袋，"我会暂时替你保管的。"

"部长……"

"单凭公司这点收入，很难让你母亲得到充分的治疗。关于这一点我也清楚。可是呢，你婶婶经营的酒吧，是吧？你真觉得自己去那里，你母亲的病就能治愈吗？"

睦子目光低垂，伤心地叹气。

"看到女儿因为自己而陷入不幸，就算她身体上的疾病治好了，精神上也会生病的，难道不是吗？"

修司真诚地说着，他的视线从睦子的领口一直移到胸前。餐桌下面，两个人的大腿已经紧贴在了一起。

"就我个人的想法来说，是不希望让你辞职的。"

"……"

"可是呢，又觉得你就这么辞了也好。"

睦子抬头望着修司。

"部长……"

"最近，我总是觉得你看上去越发漂亮了。我虽然不是久米仙人[1]，但是如果再这样下去，搞不好也会从云端坠落的。"

睦子再次羞涩地低下头。

"既不希望你辞掉，又希望你能辞掉。人的感情就是这样吧？这也是真心，那也是实意，说实话，就是这样的感觉。"

自己终于还是说出了口。修司一边心里想着，一边露出了苦笑。他突然发现，这不就跟昨晚石泽说的那句话如出一辙吗？

吃过晚饭，两个人来到了一家游戏厅。在修司看来，还有其他更想带她去的地方。可是每次一到关键时刻，他就又羞于启齿了。于是，他想的是，在游戏厅里先鼓鼓劲儿，之后再带她去该去的地方。

修司把睦子带到飞碟射击台前，让她拿好了枪。然后，他从身后搂着睦子，指导她拿枪和瞄准的方法。

"看，出来了！发射！又出来了！那里！啊……"

---

[1] 日本传说中，久米仙人原本是大和天上之人，入深山修炼仙术，能在空中飞行。一日见河边洗衣女子足胫甚白，顿生凡心，遂失神通，坠落地面，不能再飞。

两个人正玩得起劲，修司突然发现旁边还有个男人正在射击。这个人竟然是佐久间。

修司迅速从睦子身边弹开，跟佐久间"喂！"一声打了个招呼，拍了拍他的肩膀。

"啊呀！"佐久间瞪大了眼睛。

"竟然在这种地方碰到了！"

"……"

"怎么样？命中了吗？"

修司刚要伸脖子看看佐久间的战绩，佐久间却满脸失望。

"请别跟我提'命中'这个词！"

"没必要这么生气吧？"

佐久间听了更加焦躁，气愤地盯着修司看。

"怎么了？"

"盐子，她有孩子了。"

佐久间的这句话给了修司重重的一击。

他恍惚地靠在佐久间的肩膀上。

结果，当天晚上，修司好不容易创造的机会再次落空。

修司跟面带怨气的睦子告别之后，匆匆忙忙地往家赶。他独自苦恼着，究竟该如何处理女儿未婚先孕这件令人震惊的事情。

"已经好久没当过介绍人了。"

金子白天还兴高采烈的。她专门从纸包装里取出短袖和服，专心致志地确认服装。墙上挂着修司的一身晨礼服。

金子根本没有注意到面带愁容看着报纸的丈夫，只是自顾自地掰手指数道："有八个月了吧？"

"有八个月啦……"

修司突然间抬起头。

"需要重新再买一双草履吗？之前的倒也没坏，只是款式现在不太流行了。还有长衬衣，也可以借这个机会做上一身，图个吉利。"

"其实还有一桩好事。"

修司用报纸遮住了自己的脸，小声说话。

"嗯？"

"盐子，她怀孕了。"

金子顿时目瞪口呆。

"这样的话，我们就只能跟石泽摊牌了。"修司继续对愣在那里的金子说道,"虽然这样做有点自私,但我们得让他跟老婆离了。他们夫妻俩的关系应该原本就不好,所以他才和盐子搞成这样的。而且我跟那家伙谈过之后,觉得他倒也没有想象的那么坏,好像还有点能力……为人呢,也算正直。这种事情开始可能有点尴尬,可过上十年二十年,也就没什么了。更何况这个世上,这种事情也不稀奇……他老婆也还年轻,趁着现在从头再来,还来得及。至于赡养费方面,看他的工作应该挺能赚钱的。咱们就让他好好地跪在地上给对方赔个罪。"

金子听到这里,突然抢过修司手里拿着的报纸,然后撕得粉碎。

"喂……"

"别开玩笑了!孩子他爸,你是哪根筋搭错了,怎么能说出这种话!"

由于愤怒和激动,金子全身都在颤抖。

"作为一个人,绝对不能干出这种事。就算盐子这么说了,我们也绝对!绝对!不能同意……孩子他爸,你脑子是不是出问题了!"

"喂……"

"做父母的带头干坏事……这就跟让女儿去当小

偷、当杀人犯没什么两样！"

修司面对妻子的暴怒，理屈词穷，无力招架。

"这跟小偷、杀人犯不一样吧？"

"都一样！你去跟一起生活了十年的老婆说要跟她分手，无疑就等于让她去死！"

"那你也没必要脸色大变，发这么大的火吧？"

"孩子他爸，你既然这么说，也就意味着你认可搞外遇了？在外面搞出孩子来，就会跟我提出离婚？"

金子的气势像是马上就要扑上来吃掉对方似的。修司也忍不住大怒。

"又不是我搞出来的孩子！"

"孩子他爸，不是只有明目张胆地乱搞才叫外遇，偷偷摸摸玩暧昧也是不折不扣的外遇！偷偷摸摸的，照样能弄出孩子来！所以两者性质是一样的！"

"啊？"

修司不禁一惊。

"这种才更阴险狡诈！"

"谁狡诈了？"

"你扪心自问一下不就知道了。"

"谁狡诈了？这是什么话！"

"你们都是男人,就互相包庇吧!"

"你别指桑骂槐好吧!"

夫妻二人都已经气得失去理智。

"你把话说清楚!给我说清楚!"

修司怒吼着。金子脸上浮现出扭曲的笑容,上前要抢修司手里撕剩下的报纸。

"……你的手在发抖。"

"我是被你冤枉气的!"

修司甩开金子的手,顺势就要给她一个耳光。而金子紧紧地抓住修司的手。

"怎么?还想打人来蒙混过去?"

"我什么时候要蒙混了?"

"你还以为我不知道吧?"金子迅速上前抓修司的脸,"孩子他爸,你哪里是在担心盐子的事呀!只是在那儿替自己寻方便吧……"

"喂!"

"你说的那些,只不过是在为你自己狡辩。"

"说什么呢你……"

夫妻二人都已经语无伦次。抑制不住的怒火不断地往上冒,结果两个人就撕打起来。

"好疼！"

"喂！"

阿高听到争吵声，飞奔过来。看到撕扯在一起的父母，他紧张地望了望四周，发现桌子上有一个水杯，于是拿起水杯慢慢地浇到了父母的头上。

夫妻二人这时才回过神来，喘着粗气瞪着对方。

"一定得让盐子退出来！孩子他爸，你也是这么想的，是吧！"

金子仍旧在逼问修司，这时头上的水还不停地往下滴。

面对妻子拼命相争的样子，修司彻底认输了。他喘着粗气，无奈地点了点头。

七

"所谓'偕老同穴',说的是夫妻之间感情深厚,共同生活一起老去,死后也葬在同一口墓穴里……"

修司说到这里突然停顿,抬起手摸了摸自己的额头,上面的抓伤是昨晚留下的纪念。他向旁边瞥了一眼,在新郎新娘对面,金子也无意间摸了摸自己的眼角下方。那里有一块淡淡的淤青,是被修司殴打的痕迹。

修司咳嗽了一声。

"其实还真有一种动物叫'偕老同穴'。根据字典里的解释说,那是一种六放海绵纲、六放星目、偕老同穴属的海绵动物,形状就像丝瓜一样,直立于海底,随海水轻轻摇摆。在它的原腔里栖息着一种同穴虾。这种同穴虾通常是雌雄一对的,所以一开始把这种虾叫作'偕老同穴'。之后,才把它们寄居的海绵叫作'偕老同穴'。总之,不管怎样,夫妻二人无论遇到什么事情都不能分手。这才是'偕老同穴'!"

听了丈夫的发言，金子用力地点着头。

结婚典礼结束之后，修司突然提议要去高岛家园一趟。他不顾金子的劝阻，径直奔向了石泽的公寓。

"孩子他爸，回去吧！好吗？回去吧！"

"要回你自己回！"

"我们穿成这样……"

金子身穿一身短袖和服，修司则是一副晨礼服的装扮。两个人还抱着喜宴的伴手礼包袱。

"咱们要是去找他们，也得回家收拾一下再过去呀！"

修司甩掉紧跟在身后的金子，咚咚咚地敲响了房门。

"是我！开门！"

房间里，盐子和石泽相互看着对方，不知如何是好。

"我爸……"

"最好还是别打开。"

石泽攥着拳头，做了一个打人的动作。

"不，开门吧！我不想逃避了。"

"你别，不然我一个人来应付……"

"不，我也一起。"

"今天这情况……"

石泽拼命地阻拦盐子，他说今天可不是时候。可是，盐子却甩开了他的手。

"好的！现在就来开！"

盐子大声喊着，跑向门口。石泽强行把她推进了浴室，向她使了个眼色，示意她不要出来，然后自己来到了门口。

"来了！来了来了！"

晨礼服和短袖和服打扮的夫妻俩进到房间里。石泽瞪大了眼睛。

"上次承蒙您关照了。二位今天这打扮也太隆重了吧！是去参加婚礼了？"

修司一副严肃的表情，没有作答。

"这位是我妻子。"

"……感谢您照顾盐子了。"

金子郑重地低头行礼。

"胡扯！算了，也罢！就是那个意思。承蒙你照顾了！虽然不是正式的那个什么，只是个'小三'。我们就是这个'小三'的父母。"

"伯父您……"石泽苦笑着说,"唉!快请吧。"

两个人在石泽的催促下,坐到了椅子上。金子好奇地环视了一下房间。

石泽再次打量起修司的晨礼服。

"这领口不是今年的流行款吗?"

"因为啤酒肚出来了,就重新给他做了一件。女儿也慢慢到了适婚年龄,就想提前做好了准备着,免得不知道什么时候就举行婚礼了,不用再忙着张罗。"

"您这么一说……"石泽挠了挠头,向金子说道,"我上次就已经被痛骂一次了。"

金子没有作答。"我去给您沏杯茶。"石泽只好说着,起身往厨房走去。这时,他又回过头问道:"伯父,您要不要来点酒?"

修司抓住这个机会,责问道:"我就开门见山地问了,你打算怎么办!"

"啊?那个……"

修司见石泽含糊其词,便毫不犹豫地说:"孩子的问题!"

"孩子?"

这时,从浴室里传来咣当一声,好像是什么东西掉落的声音。

"您说孩子……什么意思？"

石泽惊讶地瞪着眼睛。

"你还不知道？"

"盐子她还没跟你说？"

修司夫妻俩同时问道。石泽这时才明白两个人到底在说什么。

"……盐子怀了孩子吗？"

石泽"咕嘟"一声咽了口唾沫，喉咙里发出很大的声响。

他站在那里呆若木鸡。修司质问他："我就想听听你的真实想法。现在听到盐子怀孕的消息，你是怎么想的？"

"那个，那个……我当然是高兴了！"

修司瞬间松了口气，连忙把刚要说出口的话咽了回去，转而说道："你可以不顾及男人的面子问题。"

石泽一脸茫然地看着修司。

"也不用装模作样。"

"……"

"你可以表现得慌张一些、苦恼一些，甚至是痛苦不堪、不知所措。不要逞能，说什么，'把孩子生下来吧，我来负责！'你不用在那儿假装自己游刃有余。"

石泽睁大眼睛注视着修司。修司将自己的内心所想一点点地努力说给他听，他终于理解了修司想要向他传达的意思。

"虽然现在大家会赞扬那些未婚妈妈，可是哪有那么容易。现在你们是被爱情冲昏了头脑，根本不能理解。但是等到将来，肯定会后悔的。"

修司在心底全心全意地恳求石泽。

"所以，拜托你了！你要是真心爱盐子的话，这个时候就应该表现得卑鄙、懦弱一些。我求求你了！"

石泽很清楚，这一刻自己已经投降了。他并不是被父母关爱女儿的亲情所击败的，而是输给了眼前这个叫修司的男人，这个诚恳、刚直，多少带着些俗气，又拼命想要掩饰的男人。在他身上，石泽感受到了一种超乎常理的亲情。

石泽呵呵地笑了。

"伯父，您看人也太不准了。"

石泽盯着修司的眼睛。

"就算您不求我，其实我也是惊慌得很，不知如何是好。"

"……"

"孩子可太麻烦了,我连想都没想过。"

一听这话,金子不禁大怒。

"你说什么呢?一个男人跟一个女人发生这种关系,就有可能弄出孩子来。这点事情难道你还……"

金子并没有注意到丈夫与石泽之间早已经达成的默契。

石泽故意用轻佻的语气说道:"话是没错啦!可是……哎呀……这孩子……孩子……唉!要说是报应可能也有点不合适。但是,孩子……嗯……太突然了……哎呀……"他继续语无伦次地说:"这样是很难看,可是,我好像也只能给二位磕头赔罪了。"

石泽表现出一副慌乱不堪、极力辩解的样子。修司深情地望着他,内心不禁对他充满了感激和歉意。

金子实在看不下去了,便把脸转向一侧。这时,她的目光投向浴室门口掉落的一只拖鞋。她假装要去洗手间,起身走向浴室。打开门时,金子看到换衣间对面的磨砂玻璃上映出盐子的身影。

盐子正在哭,注意到有人进来了,猛地抬起头。

母女俩隔着一层磨砂玻璃,一动不动地伫立了许久。

这一天,修司和金子夫妻俩都没有跟盐子说一句话,两个人垂头丧气地踏上了回家的路。

石泽把两个人送走之后,整个人全身瘫软地坐在床上。盐子还在浴室里藏着。石泽想要去叫她,可又不知道接下来该怎么解释。

石泽抱着自己的脑袋,一脸阴郁,跟刚才在修司夫妻俩面前时判若两人。

妇产科候诊室里,"梅干"店的庄治和须江夫妇正坐在长椅上。每当有挺着孕肚或是抱着婴儿的女人经过,两个人都会发出深深的叹息。

"我们要是领养这孩子,把他抚养成人也挺好的。"

"事情都已经过去了,你就别提了。"

"我们再活三十年,还是能把他养大的。"

庄治故意语气生硬地说:"你就别跟着添乱了。"

须江听了,眉头紧锁道:"那也是个人,这就等于是杀了一个人呀!"

"倒也不用这么说。"庄治缓和了一下语气,"我们得这样想,就是为了能开出更美的花朵,忍痛剪掉了一根枝杈。"

过了一会儿,盐子从诊疗室里走出来,整个人摇摇晃晃,步履蹒跚。

盐子刚要走向"梅干"店的那对夫妇,突然停下了脚步。

"佐久间……"

佐久间正坐在那对夫妇身后,抽着烟。看到盐子,他慢慢地站起身来。

"我送你回家吧。"

盐子表情僵硬地摇了摇头。但佐久间很坚持。

"我是想跟自己做个了断,就让我送你回去吧。"

说着,佐久间挽起盐子的胳膊。

他向愣在一旁的庄治夫妇低头行了个礼,之后,便搀扶着盐子走出了医院。

这天晚上,修司、金子、盐子和佐久间一起聚在了古田家的客厅里。

"我是来向二位赔罪的。"

佐久间伏跪在修司和金子夫妻面前。

面对一脸诧异的夫妻俩,佐久间继续说道:"之前是我随口乱说的……盐子的那件事其实是假的，我也是被她给骗了。其实她是假性怀孕。"

"假性怀孕……"

夫妻二人相互看了看对方。

佐久间接着说道："是的，根本就没有过孩子。"

"不是，我是怀孕了。刚才在医院……"

佐久间没等盐子把话说完，抢着说道："刚才去了医院，诊断说是假性怀孕。"

"可是，佐久间……"

盐子和金子都感到疑惑不解。但是佐久间坚持说："听说确实是有这种现象。不光是人，狗、猴子、老鼠都会有。说是也会乳房变大，有妊娠反应，恶心呕吐，连肚子都会跟着鼓起来。盐子她就是这种情况。"

"你在说什么？我刚刚……"

"是假性怀孕！"佐久间大声喊道。他急切地拼命争辩："你就是假性怀孕！"

"原来如此，原来是假性怀孕，原来如此。"

修司像是充满感慨似的点着头。

佐久间不顾愣在一旁的两个女人，对修司说道："我三月份就要调职去大阪了。三年之后才会回东京……

伯父……请您一定过来玩儿。"

"……"

"伯父,请您一定要来!"

佐久间的这句话虽然是对修司说的,却完全是在说给盐子听。

"伯父,拜托了。"

佐久间双手伏地跪拜。盐子低头不语。

——这家伙就算是被欺负成这样,还依然爱着盐子……

修司内心充满喜悦,但同时又有一阵酸楚涌上来。

金子偷偷地擦去眼泪。修司则深深地低下头,向佐久间行礼。

盐子回家之后过了几天,修司拎着一瓶威士忌来到高岛家园。他刚要走进石泽的房间,突然吓了一跳,退了出来。

房门从里面猛地被打开,突然闪现了石泽的背影。他要把那张双人床搬出来,而一对陌生的年轻夫妇正从房间里往外推,但似乎毫无进展。

石泽看到修司,爽快地打了声招呼。

"喂！别光站在那儿呀，过来搭把手！"

"啊？哦！"

修司把威士忌放在了走廊里，伸手抬起床的一端。

"这个怎么处理？"

"低价转给了那对新婚夫妇……啊！疼疼疼，抬高点，高点。"

修司不禁也跟着喊道："那边！那边！"

"还得加把劲儿呀！"

"必须得抬着转出来才行。"

"二位！这可是你们的东西啦，铆足了劲儿才行……这个走廊特别窄。"

"一鼓作气把它竖起来！"

"一、二，走……"

修司和石泽喊起了号子，总算把床立了起来。

"这下就没问题了。"

"那再见了。"

年轻夫妇把床装到卡车上拉走之后，修司和石泽都深深地叹了口气。此时两个人都已经是满头大汗了。修司拾起威士忌，推着石泽的肩膀走进房间。

屋子里顿时变得空空荡荡的。四四方方的房间里什么都没有了,于是两个人便席地而坐。"当啷"一声,他们把威士忌酒杯碰到了一起。

修司干掉了杯子里的酒,呵呵地露出了笑容。他对一脸诧异的石泽说道:"我俩呢,作为男人来说,正好相反。"

"……"

"你这张脸,一开始我特别讨厌。一副奶油小生的面相,而且还好色……不,应该说就像个色鬼……"

"您说得没错!"

"可是呢,我和你都是一样的。在我心里也住着那么一条蛔虫,跟你一样……"

石泽默默地看着修司的脸。

"只是因为没有胆子,干不成而已。其实心里想得要命,简直都快憋不住了。"

"……"

"既然养了同样一条蛔虫,还是付诸行动更了不起!出轨的对象要不是我女儿,我就能原谅你。作为一个雄性,你比我厉害!"

"不,不是这样的。"石泽认真地说,"我之前是挺看不起您的,觉得您就是一个道貌岸然、没有魄力的家伙。其实不是这样的。克制自己心里的蛔虫，一边克制着一边活下去，这才是了不起的男子汉的活法。"

"是有这样一句，'我称赞他的防御，他称赞我的勇猛'吧？"

两个人相互看了看对方，高声大笑起来。

"你跟盐子分手之后，还会乱搞吧！"

"伯父您太没劲了，小心眼，至少也玩一次嘛！"

"我可不行！"

"不，伯父，您得来一次。"说着，石泽突然支支吾吾，"伯父……"

修司当啷一声，又使劲跟石泽碰了下杯，随后一饮而尽。

"'我称赞他的防御，他称赞我的勇猛。'前面是什么来着？"

"'昔日的敌人，今天的朋友。'"

"'坦诚相待，无话不谈。'"

两个人突然都安静下来，各自感受着人与人相遇相知的分量和奇妙。

石泽最先打破沉默。他似乎舍不得切断自己与修司的联系。

修司的想法也是一样。他也不想从此就跟石泽分别，但考虑到盐子的感受，两个人又不得不断了来往。

修司一脸痛苦，石泽也显得有些沮丧。为了割断内心的不舍，修司再次"当啷"一声，跟石泽碰了一下酒杯。

盐子渡过了这次难关。

没过一个月，《娱乐世界》编辑部里又重新看到了盐子的笑容。

"芝麻盐，电话！说是采访OK了！"

"什么时候？时间呢？"

"你自己来约吧！"

"你好，我是古田。我什么时间能去拜访一下您呢？地点在……好的好的，好的！"

听到盐子充满活力的应答，美南松了口气。她起身去给盐子泡了杯咖啡。

眼下，石泽拈花惹草的那条蛔虫已经有所收敛。

阿环也比以前更注意打扮自己了。

早上，阿环和朝子送石泽出门时，石泽总会摸摸朝子的头。出了门，石泽身后便会听到阿环和朝子爽朗的声音："路上小心！"

"梅干"店的庄治和须江夫妻俩的情绪消沉了一段时间。自那之后，石泽再也没有来过店里，盐子也很少来了。所以，在这件事上，最受伤的或许就是这二位了。

金子又重新迎来了昔日的清晨。送走丈夫和孩子们之后，她就开始练习瑜伽。每次听到推销员的声音，她还是会像以前那样匆匆忙忙地奔过去。只是现在偶尔会突然回想起阿环的样子。
——那个人不知道在老公面前有没有精心打扮自己……

公司里的那对新人蜜月旅行回来带了礼物，修司高兴地表示感谢。
"哎呀，谢谢啦！要说新婚就是不一样啊！简直闪闪发光呀！"
修司瞥了一眼睦子。睦子则装作没看见，继续打着字。

修司不时地望着睦子的鬓角和胸部，忍不住发出一声叹息。

——这场仗打完了，太阳也该下山了……

一切又恢复了平静，就像一只吹足气的气球突然泄了气，日子又开始过得异常平淡了。

……或许是因为再也见不到那家伙的缘故吧？

石泽的脸庞，突然在修司的脑海里闪过。

盐子的不伦之恋落下帷幕之后，不知过了多久。

在一个傍晚，修司和石泽在人群中偶然擦肩而过。就在岔路口的正中央，两个人都不由得停下脚步，内心涌起无限的怀念。

他们几乎同时把手伸出来要和对方握手，然后又突然意识过来，几乎同时把手收了回去。两个人的脸上浮现出复杂又有些羞涩的笑意。最后，他们不约而同地挥了挥刚才伸出的手，打了声招呼，便各自朝着相反的方向走了。

走了几步，修司回过头去，发现石泽的身影已经消失在拥挤的人群当中，再也看不到了。

石泽也在走出两三步之后停下来，回头找了找修司的背影,可没有找到。

他们各自在心里惋惜着,然后转身迈开脚步,仿佛在跟那段感情挥手告别。

……可是,这种凄凉的感觉又该怎么解释呢?

修司想着这样的问题。

石泽也同样在思考着。

黄昏时分,阳光已经暗淡,修司和石泽的身影淹没在人潮之中,先是变成米粒大小,然后又变成了一个小点,最后突然消失不见了。

图书在版编目（CIP）数据

玻璃海绵 /（日）向田邦子著；王秀娟译. —— 贵阳：
贵州人民出版社，2022.11
ISBN 978-7-221-17236-5

Ⅰ.①玻… Ⅱ.①向… ②王… Ⅲ.①长篇小说—日
本—现代 Ⅳ.①I313.45

中国版本图书馆CIP数据核字(2022)第163722号

DAKATSU NO GOTOKU
Original script by MUKODA Kuniko, Novelized by NAKANO Reiko
Copyright © 1998 MUKODA Kazuko, NAKANO Reiko
All rights reserved.
Original Japanese edition published by Bungeishunju Ltd., Japan, in 1998.
Chinese (in simplified character only) translation rights in PRC reserved by
Ginkgo (Shanghai) Book Co., Ltd., under the license granted by MUKODA Kazuko
and NAKANO Reiko, Japan arranged with Bungeishunju Ltd., Japan through
BARDON CHINESE CREATIVE AGENCY LIMITED, Hong Kong.
本书简体中文版权归属于银杏树下（上海）图书有限责任公司。

著作权合同登记图字：22-2022-089号

玻璃海绵

BOLI HAIMIAN

著　　者：[日]向田邦子
译　　者：王秀娟
出 版 人：王　旭
选题策划：后浪出版公司
出版统筹：吴兴元
责任编辑：徐　晶
特约编辑：陈怡萍
编辑统筹：尚　飞
出版发行：贵州出版集团　贵州人民出版社
地　　址：贵阳市观山湖区会展东路SOHO办公区A座
邮　　编：550081
装帧设计：一亩幻想
印　　刷：河北中科印刷科技发展有限公司
开　　本：787毫米×1092毫米 1/32
印　　张：7.875　　字　数：127千字
版次印次：2022年11月第1版　2022年11月第1次印刷
书　　号：ISBN 978-7-221-17236-5
定　　价：58.00元

后浪出版咨询(北京)有限责任公司 版权所有，侵权必究

投诉信箱：copyright@hinabook.com　fawu@hinabook.com
未经许可，不得以任何方式复制或抄袭本书部分或全部内容
本书若有印、装质量问题，请与本公司联系调换，电话010-64072833